酒のある風景

吉野公信
yoshino kiminobu

石風社

酒のある風景　*目次

*
一 試酒 6
二 始酒 10
三 嬉酒 14
四 惑酒 18
五 遠酒 22
六 疑酒 26
七 粋酒 30
八 戯酒 34
九 奇酒 38
十 魔酒 42

*
十一 懐酒 48
十二 和酒 52
十三 鮮酒 56
十四 談酒 60
十五 冷酒 64
十六 旨酒 68
十七 斉酒 72
十八 島酒 76
十九 潮酒 80
二十 神酒 84

*
二十一　国酒　90
二十二　歌酒　94
二十三　流酒　98
二十四　白酒　102
二十五　西酒　106
二十六　地酒　110
二十七　呆酒　114
二十八　遇酒　118
二十九　訓酒　122
三十　歓酒　126

*
三十一　独酒　132
三十二　類酒　136
三十三　憂酒　140
三十四　義酒　144
三十五　暇酒　148
三十六　棒酒　152
三十七　想酒　156
三十八　枯酒　160
三十九　悦酒　164
四十　喩酒　168
*
四十一　顧酒　172

装画・挿絵　木版画　著者

酒のある風景

一　試酒

某年某月某日。

その日の午後は、W氏の口述を機械的に筆記していた。W氏は頬杖をついたままで、ドイツ語の文献をどんどん日本語にしてゆくのだった。一区切りついたところで、W氏は顔を上げて坊主刈りの頭を撫でた。それから煙草《たばこ》に火をつけた。

「もうドイツ語が苦にならないのも、T君と僕と…、少なくなった。ところで、お酒に高周波をあてると美味《うま》くなるというが、合成酒が一級酒ぐらいになるのかね」

その文献は酒やアルコールに関するものではなかったが、あるいは分子振動というような言葉が引金になったのかも知れない。W氏は酒も煙草もやる物理の専門家で、会社では課長という役職にあった。

「合成酒が一級酒に…、ですか。いいですね、Wさん、やってみましょうか」

その職場では敬称はすべて「さん」で、課長、部長などと呼ぶことはなかった。新入社員も配属されたその日から、自分の所属する研究所の長であるA氏を、たんに「Aさん」と呼んでいたが、そこに違和感はなかった。もっとも同僚や部下には「君」であった。

「でも君、酒飲み連中のいうことだから、あまりあてにはならないがね。科学的に解明されているというわけでもあるまいし」

そのころ電子レンジなどはまだなかった。だが、たまたま手掛けていた仕事に高周波加熱を試してみようというものがあって、すでにかなり強力な高周波発振器を試作していたのだった。そしてそのコイルの中に鉄などの金属を入れると、それがたちまち真っ赤になっていたので、つい、やってみましょうかと口走ったのも、そうした状況下にあったからで、図らずも実験の準備ができていたというわけである。

液体である酒は、鉄のようにすぐには熱くならなかったが、もちろん思いのままに燗《かん》はついた。しかし、はたして高周波で加熱された酒の味が、従来の薬罐《やかん》で温めた場合とどう違ったか。この実験に立会った面々は少なからず期待していたに違いないが、誰一人としてその場で旨くなったと言明した者はいなかった。

「発振器のパワーが強すぎたのでは…、弱い電波を長時間あててみてはどうか」

「周波数にもよるのだろうか、電磁波だけでなく音波も試してみては…」

その他にも多くの課題は残った。しかし、それを更に追究しようというほどの情熱は誰も持ち合わせていなかった。そしてこの実験は、たまに駅前の赤提灯の下で話題になり、合成酒のつまみになりはしたものの、それだけで幕を閉じたのだった。


当時の酒事情からすれば、味を優先する余裕などなかったのかも知れない。事実、合成酒も結構いけると思っていた。それだけに、その合成酒の真価がどうであったか、昨今の種々雑多な酒に慣らされたこの舌で、あらためて確かめてみたい気もする。

しかし、もともと人間の味覚などというものはかなり曖昧で、生れついての個人差もあれば年齢や環境によっても左右され、ほどほどに柔軟性もそなえているようで、味の微妙な違いを客観的に判別することなど不可能ではなかろうか。まして何十年もの時間を隔てて味を比較するとなると、味の記憶がはたしてどれほど頼りになるだろうか。結局その味についてはその時どきで云々《うんぬん》するほかはなく、味覚の客観性というようなものがあったとしても、それはその時だけにしか存在し得ないのではなかろうか。

もっとも味覚に限らず、嗅覚や聴覚についても同じようなことがいえて、それに比べてやや客観性の度合いが高いといえるのは、視覚ではなかろうか。これまでも漠然とそう考えてはいたが、それが人間に好都合なのだろうと片づける以外に、それ以上こうした感覚のメカニズムの謎を追ったところで手に負えるものではないと諦めている。

世界に知られた醗酵学の権威で文化勲章も受賞した坂口謹一郎博士によれば、良酒の美徳は香味と調和と円熟味にある。そして、それは長期保存によってのみ実現可能であるのだが、その理由は分からない。一〇〇％純粋なアルコールをガラスのビンに入れておいても、五年、十年と経つうちに確かに熟成して円やかになる。しかし、その理由は不明だというのである。*人間と歴史を共にしてきた酒についても、そのもっとも基本的なことが今日に至っていまだ不明とは、不思議というより愉快というほかはない。

Ｗ氏もこの話には興味を示した。同じ科学者として共感するところがあったのかも知れない。しかし一方では、いくら薦められても博士号を取得しようとはしなかった。これもまた愉快である。

＊坂口謹一郎著『愛酒楽酔』（講談社文芸文庫）

二　始酒

もしも母校から博士号の取得を薦められたとすれば、大方は心が動くであろう。しかしW氏は興味を示さなかった。それがまたW氏の場合、不自然でもなく、周囲から頑固とも変人とも思われることはなかった。誰とでも本音で接し、職場では仕事を中心に学術的な話をよくしたが、世間話もし、酒も煙草《たばこ》も人並み以上にやる紳士だった。

一九五〇年代は日本の原子力の黎明期であった。また原子力に限らずコンピューター技術をはじめ、その後に開花したあらゆる科学技術の萌芽期でもあった。海外の先進技術を我がものにしようと日本中が貪欲であった。したがってW氏の研究開発部門でも新しい分野の仕事が増え、多岐にわたって専門化も進み、人員も増えていった。

「Yさん、今晩あたり送別会といきましょうか」

その日の会社帰りにY氏と連れ立って電車を降りたのは新橋駅だった。馴染みの店があるわけでもなかったが、何となく西銀座辺りをぶらついてみたくなったのである。どうも人間の行動などというものは、案外アミダクジ的なところがあって、その場その場であちらへ、またこちらへと動かされるのかも知れない。

二軒目もガード下のはじめての店だった。表に『トリスバー・某《なにがし》』とあったが、それは当時よく見かけた看板で、そのトリスバーのカウンターにもたれてハイボールを傾けるというのが、もっぱら働き蜂どもの定番でもあった。いまとなっては多少の郷愁も覚えるが、いつからトリスバーが姿を消し、ハイボールが水割りに変わったのだろうか。

一説によれば、九州の某温泉地の某老舗《しにせ》旅館の宴会で、何か手違いでもあったのかウイスキーが底をつきそうになった。そこで仲居さんが「そろそろ少し薄めになさっては…」とウイスキーを水で薄めて酔客に勧めた。これが水割りの始まりで今日に至ったというのである。こうした仲居さんの機転も、その場の咄嗟のひらめきからだったのだろう。

「アメリカはどのくらいですか、準備も大変でしょう」

「一ケ月ぐらいの予定だけど、延びるかもしれないね」
一、二ケ月の海外出張に送別会とは大袈裟なようだが、当時はアメリカに限らず日本から外にでるには色々な制約があって、それは特別なことだった。それだけに出征兵士を送る宴さながらに、その夜はハイボールも進んだようであった。あるいはハイボールの炭酸がアルコールのまわりを早めたのかも知れない。今でもはっきり覚えているのは、最終電車に乗り遅れたことである。ところが新橋駅周辺には、そうした客を拾うタクシーが何台もいて、そこで経験したのは乗合いタクシーとでもいうような代物だった。同じ方向に帰る客を呼び集めているようである。その手際のよさはさすがにプロで、たちまち満員にして走り出したが、これが合法なのか、料金はどのような仕組で支払うことになるのか、この興味ある詮索もそこではまともに続ける気にはならなかった。

Y氏とは以前、九州の延岡から更にローカル線で一時間ほど入った山間の村に一ケ月ほど滞在して、その村の鉱山で試運転中のある試作品に関するデーターを採り続けたことがあった。それは夏の盛りだったが、ビールを飲んだという記憶がない。もっぱらアイスキャンデーだった。村には鉱山の共同浴場があっていつでも自由に使っていたが、湯上がりには決まって一軒の雑貨屋に直行して、アイスキャンデーを何本も買って帰った。

そのころ職場の仲間の間で日常的に酒を飲むという習慣はなかった。しかし、この山間の生活も終わって九州を離れるという前夜、図らずも焼酎を体験することになった。芋焼酎だった。関係者一同が延岡まで戻って一泊したときのことである。その宿はかつて昭和天皇もお泊まりになったという由緒ある旅館であったが、陛下もお飲みになったのだろうか。しかし焼酎はともかく、お使いになったという湯殿は見ることができた。

余談になるが、その後、他にも陛下が宿泊されたという宿をいくつか知って、これが意外に役に立った。その地を訪れる客人に紹介して、文句の出ようもなかったのである。

「Yさん、お酒を飲むんですか」

「たまにはね。でも焼酎ははじめてですよ。やはり日本酒のほうがいいね」

あとはどんな話になったか覚えていないが、その年がちょうど宮崎市の市制三十周年にあたり、記念して作られたという郷土の歌『いもがらぼくと』は今でも思い出す。

腰の痛さよ　山畑開き　春は霞の日の長さ　焼酎五合の　寝酒の酌に
おれも嫁じょが欲しゅうなった　もろうた　もろうたよ　いもがらぼくと
日向かぼちゃの　よか嫁じょ　じゃが　じゃが　まこっち　えれぇこっちゃ。

三　嬉酒

人間はどうして酒を飲むのだろうか。こういった難問には、はじめから頭を突っ込まないことにしているが、でもいつ飲むかといえば、一つには何か嬉しいことがあるとよく飲むようである。それは特別に禁酒を誓った個人や集団、あるいは民族や地域を除けば、世界中どこでも同じではなかろうか。

某年某月某日。Ｋ氏は珍しく葉巻をくゆらせながら、ジョニーウォーカーの黒ラベルと三人分のグラスを研究室のテーブルに置いた。当時こういうスコッチは高嶺の花だった。
「祝杯だ。うまくいったね」

それはベータートロンと呼ばれる粒子加速器の試作過程で、一つの段階をクリアする実験に成功した日のことだった。すでに窓の外は夜の帳《とばり》が降りていた。

K氏の研究室は同じ社内でも別の組織に属していたが、たまたま開発中のプロジェクトを進めるうえで、互いに協力して補完するところが多々あったので、K氏の研究室をよく訪ねていた。はじめてK氏に紹介されたとき、当時ハリウッドで気品とユーモアをそなえた個性派として人気の高かった、デヴィッド・ニーヴンが一瞬頭に浮かんだことを覚えている。もっともK氏は口髭をたくわえてはいなかったが、パイプのよく似合うもの静かな紳士で、W氏とは対照的に博士号も取得し、また油絵やゴルフなども嗜《たしな》んでいた。後日、わざわざ筆をとられたというカーネーションの絵を、結婚祝いにいただいて恐縮した。

その日がどうして葉巻だったのか知る由もなかったが、人間の営みには何かがうまくいったり、ふだんのパイプが葉巻に変わったり、上等のウイスキーが舞い込んだり、そうしたことの重なる日というものが、どこかで用意されているのかも知れない。

「先ずは、おめでとう」

K氏の発声にK氏のアシスタントであるS氏とともに唱和して杯を上げた。味を楽しむ酒でも、酒盛りの酒でもない。まして酔うための酒でもないので一杯で終わった。それでよかった。それで十分だった。こういう酒もいいものだと思った。

当時は社内だけでなく、複数の大学や公の研究機関などとの様々な交流が盛んに行われていた。原子力が脚光を浴びはじめたころだったので、こうした新しい分野では、産・学・官のそれぞれが、互いに知恵を出し合って協力することが有効だったのだろう。また社会のムードも何かにつけてカネの絡む昨今とはいささか違っていたようである。

某年某月某日。それは『宗麟』という酒をはじめて知った日だった。

「母の実家の酒が届きましたよ。今晩飲みましょう」

N教授が手にしている箱入りの酒の銘柄が『宗麟』だったのだ。なるほどと思った。N教授が母といえば、かつてノーベル文学賞も噂された著名な女流作家で、彼女の実家は九州の城下町臼杵の造り酒屋だった。となれば、戦国時代のキリシタン大名として天下に知られた城主・大友宗麟の名を、そのままお膝元の酒に残したこともうなずける。

N教授の研究室では着工から三年余りを経て、大型の粒子加速器がいまや試運転段階に入っていた。そしてその日は、本郷の大学に近い料亭で研究室の慰労会を予定していたので、N教授はそのためにわざわざ『宗麟』を取り寄せたのかも知れない。そう思うと恐縮するばかりだった。いまその『宗麟』の味を思いだすことはできないが、試運転に漕ぎつけて喜びを共にした『宗麟』の名と、研究室での和やかなN教授の姿は忘れられない。

二次会は新宿の『B』というクラブで、N教授の馴染みの店のようであった。そのころカラオケはなかった。専属のギター弾きがいたが、客が歌うという習慣もなかった。そこでそれをいいことにギターの伴奏で歌ったことを思い出す。東海林太郎の『国境の町』と楠木繁夫の『緑の地平線』だった。嬉しい酒にあやかってのことだった。

某年某月某日。中央線から山手線に乗換えるのに、わざわざ新宿駅の改札口を出る必要はなかったが、それなのに出たのが徒《あだ》となった。

中央線の沿線には、電気や物理に関する公の研究機関がいくつもあって、そこで仕事がうまくいくと、その日もちょっと祝杯となった。ほろ酔い機嫌で新宿に着くと改札口を出て、屋台風の酒場でモツの煮込みなどをつつきながら安酒を飲んだ。山手線の内回りで帰途についたが、気がつくと車掌の顔が目の前にあった。終点の恵比寿だった。降りて次の電車を待っていると、駅員が駅の外に出ろという。もう電車はないのだ。山手線を何回まわったのだろうか、後にも先にもない経験だった。嬉しい酒も飲む側しだいである。

四　惑酒

食べられる土があって、それがある種の菓子に使われるなどとは、それまで考えたこともなかったので、いま思い出しても少々おかしな気がする。

友人に誘われてO氏に会ったのは、横浜のO氏行きつけのバーだった。O氏はかつて日本陸軍の憲兵だったが、終戦で職を失ってからは山師に転じたというのである。

「どんな鉱脈ですか、金鉱ですか、銀ですか、それともウラン鉱石」

「いえいえ、土ですよ。もっぱら山に入って食える土を探しています」

「食べるんですか、そんな土があるんですか」

ウイスキーはストレートをちびちびやりながら、いささか狐につままれたような気にもなったが、アルコールが話を続けさせた。

「菓子にはね、土を混ぜてボリュウムをだすという手があるんですよ。毒にも薬にもならないものって…、あるでしょう。それなんですよ」

「毒にならない、といってもね」

友人ともども半信半疑とはいえ、こうした全く別世界の話には、対岸の火事にも似て何の関わりもないといった無責任な安心感からか、妙に好奇心をそそるものがあった。あるいはO氏のキャラクターにも引力があったのかも知れない。

「一度一緒に山に入ってみませんか」

O氏に屈託はなかった。世間は広いと思った。


その日O氏を紹介した友人は静かな男だった。こうしてバーのカウンターにもたれているときも、ビアホールのざわめきのなかにあっても、口角泡を飛ばすというようなことはなかった。周りの話をよく聞いた。もちろん自らも話題を提供して、ふつうに皆と議論もしたが終始おだやかだった。だがときには声をたてて大いに笑った。

こういう男を一級品というのではなかろうか。いつのころからか、あるいはこれもバブルの落とし子だったのかも知れないが、サンコウ（三高）がもっぱら独身女性のターゲットになったことがあった。三つの順序がどうだったか定かでないが、高さが一見して分かる彼の背丈は、文句なく高かった。高いだけでなくスリムでそのうえハンサムだった。しかし当時ハンサムがどうしてサンコウほどに重視されなかったのだろうか。いずれにせよ彼が、冷たさを感じさせないハンサムであったことを付け加えておきたい。

次の高さは学歴だろうか。そこでも彼は、昔から日本一といわれてきた大学の物理を出ているのだから、ゆうに合格だろう。もっともこの大学も、近年の世界ランキングでは五〜六十番に落ちたというが、たとえそれが五十番であろうと百番であろうと、サンコウを狙う当時の日本女性にとって豪も不足はなかったはずである。

第三の高さ、あるいはこれを第一とする淑女も少なくなかったかも知れないが、それは収入である。となると彼の勤め先が一流のメーカーであるとはいえ、またそこで学術的にも注目され、社会的にも期待される仕事に携わっていたとはいえ、仕事の質やレベルに関係なく、いまや銀行をはじめとする金融業や商社などの三次産業に比べれば、決して高いとはいえなかっただろう。だが、それでも世間は彼をサンコウに入れるだろう。

しかしサンコウがどうであれ、ともかく彼は一級品だった。二人の弟も、また妹も彼と同じ日本一の大学を卒業して、次男はその大学病院の医師、三男は考古学者、妹はドイツ語の教師だった。ＤＮＡがそうさせたのだろうか。

某年某月某日。例の横浜のバーにまた三人が落ち合った。O氏が口を開いた。

「そりぁ、いっとう頭のいいのは三男氏だね。貴君の技術の仕事だって、大学病院の医師だって、ミスをすれば問題だよね。事と次第によっては責任重大だよ」

先ほどからカウンター越しに笑みを浮かべていたS嬢が、遠慮がちに口を開いた。

「考古学って…、問題にならないんですか」

「ならないとはいわないがね、五万年が五千年だろうと実害はないね。毒にも薬にもならないっていうか…。更に定年後はお勉強好きのおばちゃんたちを相手に一生食えるしね」

一斉に笑った。しかし辛辣である。言い得て妙といっては考古学者に失礼だが、それを承知であえて斜に構えて娑婆《しゃば》を覗くのも、また娑婆の酒かも知れない。

S嬢はもと華族の出という魅力的な女性だった。何か事情があったのだろう、また迷いもしたろう、あなたとは結婚できないのよ、と告げられたと後日友人が話してくれた。

五　遠酒

某年某月某日。

日曜の午後だった。M氏を訪ねると、M氏は一人縁側で何やら雑誌を開いていたようであったが、あるいは、うたた寝をしていたのかも知れない。

「おお、いいところにきたね。今日はみんな出かけて、留守番なんだよ」

「先日はありがとうございました。ケンプも次はいつ聴けるか分かりませんからね」

M氏に誘われて、千駄ヶ谷の体育館でウイルヘルム・ケンプを聴いてから、まだあまり経っていなかった。ベートーヴェンのピアノ協奏曲『皇帝』だった。

「あの日は時間がなかったからね。今日はまだ日が高いよ、高すぎるかな」

M氏はサントリーのボトルを持ち出してきた。そして二つのグラスに注いだ。

「いただきます。…Mさん、これサントリーですか、スントリーじゃないですか」

「スントリー、…ほんとだ、空き瓶に酢を入れてたんだ。知らなかったな」

当時サントリーは高級品だった。ネオン街にも『トリスバー』という看板が目立つ時代だった。そして空き瓶もまた利用される時代であった。


M氏は遠縁にあたったが、もしあの敗戦がなかったなら、M氏に会うこともなかったかも知れない。M氏は太平洋戦争末期の空襲を逃れて、東京から九州の田舎に疎開してきたのだった。そして毎日B29の飛来する空の下で親戚付き合いが始まったのである。

東京で生まれ育ったM氏は、すでに会社勤めをしていたが、環境の全く異なる疎開先で仕事などあるはずがない。暇を持て余してのことだろう、M氏はこの地方に古くから伝わる竹工芸を習い始めた。そして一年もすると、素質にも恵まれたのだろう、作品が温泉街の店先に並ぶほどになった。やがて戦争が終わるとM氏は再び住み慣れた東京に戻って就職したが、そこでも手慰みに作った竹篭や茶杓などが人の目に留まり、都内の一流デパートから声がかかったというのだから、ほんものだったのだろう。

そしていま、定年を迎えてサラリーマン稼業を終えたM氏は、カルチャー・センターなどで竹細工の指導をしたりして、遊び心を自在に満たしているようである。

某年某月某日。

日暮れ時の焼鳥屋でM氏と落ち合った。鳥を焼く匂いとタバコの煙がワイシャツに染みつきそうな店の片隅に腰を下ろすと、若い二人連れの会話が耳に入った。

「クラシックなんか聴く」

「そんなの聴かねえよ」

おもわずM氏と顔を見合わせた。

「あの男あまりカッコよくないですね。振られちゃいますよ」

「なにもクラシックが全てじゃないけど、あたまから、そんなのってことはないよね」

いまでは姿を消したが、当時は終日クラシックを流す名曲喫茶などが流行っていた。クラシック・ファンが増えていたからだろう。音源はもちろんレコードだったが、その後の三十三回転のLPより、むしろ七十八回転のSPのほうが多かったかも知れない。またリクエストのできる店もあったので、曲の終わるのをじっと待って、メンゲルベルクのベートーヴェンの『第九』などと切り出す若者もいたかも知れない。いまでいうオタクがいたとしてもおかしくはない。しかし名曲喫茶にM氏とわざわざ出向くことはなかった。

「でもMさん、どうしてクラシックを聴くようになったんでしょうね」
「うーん、小学校のころ近くからよくピアノが聞こえてきてたのは覚えてるね。それがシューベルトのピアノ五重奏『鱒』だったとは後で知ったけど、あれはいいよね」

M氏のいうとおり、何もクラシックが全てではない。M氏とはたまにクラシックの話もしたが、いつも音楽談義をしていたわけではない。しかし特別のこともないのに互いに誘い合って、コンサートや美術館などに出かけたものだった。労音などにもよく行った。

エルマン・トーンと呼ばれる甘美な音色で世界に名を馳せ、すでに高齢だったヴァイオリニストのミッシャ・エルマンを聴いたのは、一九五〇年代に品川か浜松町辺りにあった体育館だった。どんな酒をいつどこで飲んだかなど覚えているはずもないが、上京して間もないころ日劇で観たノラ・ケイの『白鳥の湖』、文京公会堂で聴いた若き日のスークのヴァイオリン、シュトライヒのコロラチューラ・ソプラノ、その他にも園田高弘のピアノ等々…、それらの多くをいまだに忘れないから不思議である。当時あれほど空腹が骨身にしみた戦後の食糧事情の実態でさえ、すでに実感を失ったというのに…。

六　疑酒

交際費というものを知ったのは、営業の仕事をするようになってからである。知ったというのは、その言葉の実態を目《ま》のあたりにし、また自らも体験したからである。すでに三十才を過ぎていた。

営業というところでは若い連中もよく酒を飲んだ。会社の帰りによく誘われた。これまでの技術系の研究部門では、およそ経験しなかったことである。しかし営業マンとはいえ若い彼らが交際費をあてにすることはなかった。もっとも交際費なるものが顧客の接待に使われるとしても、身内の飲み食いのためにあるのではないのだから、当然といえば至極当然である。だがその当然が当然として必ずしも遂行されるとは限らない。職権濫用、公私混同、私利私欲などといった言葉が死語となることは永久にないだろう。

某年某月某日。

「君、これはいったい、いくらしたんだ」
「はい、三百円です」
「そんなもの、受けとれんよ。会費だって僕は君たちの二倍払ってる。君たちだって僕だって、飲んだり食ったりは同じだ。そうだろう。…どうなんだ。きのうだって僕は、お客さんとゴルフだ。会社の仕事だよ」

月曜の朝、親睦会の一泊旅行に参加しなかったB課長に、幹事が土産を渡した際のやりとりである。これにはいささか驚いた。というより呆れた。こんな上司がこの会社に現実にいるのか。これまでの職場とのあまりの落差に戸惑った。

しかしこれを機に、この職場が少しずつ分かってきた。日常化した残業を切り上げて若い連中と焼鳥屋の暖簾《のれん》をくぐると、真っ先に話題になり、そして槍玉に挙がるのはきまってB課長で、この上司への悪口雑言は止《とど》まるところを知らなかった。それは酒の肴として決して感心したものではなかったが、火のないところに煙は立たない。こうした現象が起こるにはそれなりの理由があってのことだろう。彼らの酒がだんだん読めてきた。

とはいえ三百円の土産とは、いささか常識を欠いていたかも知れない。因みに当時の一ケ月の親睦会費は、一般の課員が五百円、課長は八百円だった。しかし、ひょっとすると幹事があえて非常識を演じたのかも知れない。もしそうだとすれば慇懃《いんぎん》無礼も甚だしく極めて陰湿な仕打ちというほかはないが、あのやりとりから推《お》して、長年の鬱積《うっせき》がもたらした一場面だったのかも知れない。双方に同情を禁じ得なかった。それにしてもこれが何年続いているのだろうか。あらためて大変な上下関係だと思った。

数日後は給料日だった。例の土産はB課長の後方の窓際にそのまま置かれていた。給料日に親睦会の会費を集めるのは庶務のH嬢で、その日も事務的にことを運んでいた。

「課長、親睦会費をお願いします。これから課長も皆と同じ五百円にしましょうか」

「うん、それでいいのか…。じゃあ、そうしよう」

話はそれで終わったようである。たまたまこれを耳にした数人の課員も、一瞬課長席の方に目をやったものの、無表情でまた机に向かった。

昼のベルが鳴ると、これもサラリーマンの習性だろうか、居合わせたものどうしが連れだって昼食のテーブルを囲んだ。その日はH嬢も一緒だった。

「わたし、いっちゃったわよ。課長も五百円にしようって。いいわよね」

「いいよいいよ、聞いてたよ、よくいったよ。あの日のゴルフだって、仕事だなんて、遊びにきまってるよ。ほんとうにどうしようもないんだから」

H嬢は課の誰に相談するでもなく、独断で「いっちゃった」のだった。彼女には、相談するまでもなく皆の思いを代表しているという確信があったのだ。これほど課員の見方が一致しているとは、B課長の姿勢も終始一貫しているからで、凄い。ぞっとする。

一ケ月が過ぎた。H嬢が独り何やら呟いている。

「わたし、こんな伝票切りたくないわ。冗談じゃないわよ」

私用と分かりきった領収書を、B課長がまた交際費にまわしたというのである。たとえ上司の指示だとしても、度が過ぎてはサラリーマンも機械ではない。

その日の焼鳥屋ではH嬢も交えて、またもB課長のワンマンぶりが話題になった。しかし部下にみんな見抜かれているのだから、課長も要領が悪いというか、むしろオープンで大してワルともいえないよ、と誰かがいった。全員がこれまでになく明るく笑った。

七　粋酒

いまでいう居酒屋が居酒屋と呼ばれるようになったのはいつ頃からだろうか。もともと居酒屋といえば、店頭で酒を飲ませる店、あるいは安く酒を飲ませる店のことで、少し拡大解釈したとしても、せめて小料理屋を指すものだった。

そうした居酒屋を知ったのも、営業の仕事をするようになってからである。会社帰りにときどき暖簾《のれん》をくぐるうちに、おのずから馴染みの店もできた。

小便横丁にその居酒屋はあった。小便横丁とは知る人ぞ知る俗称だが、戦後の家並がそのまま残るこの一角には、狭い路地に沿って居酒屋が軒を連ねていた。どの店も定員があるとすればせいぜい六、七人といった構えで、カウンターのマダムもいずれ劣らぬおばさんばかりだった。その横丁に日暮れどきともなれば薄明りが洩れ、人影が揺れた。

それにしても馴染みとはどうしてできるのだろうか。おそらくこれもかなりいい加減なもので、アミダクジ的なところがあるのかも知れない。もしそうだとしても、その店にK君とはよくかよったが、他の友人と行くことはなかった。これも不思議である。となると当然その店ではその店の客どうしが顔見知りになる。他の店ではまた別の客と知り合いになる。こうした人との出会いもまたアミダクジ的な要素があって面白い。


その日もK君と一緒だった。熱燗《あつかん》をマダムにも勧めていると、ガラス戸が軋《きし》んだ。彼女は急いで立上がり、内側からガラス戸を引いた。

「ダァンさん、いらっしゃい。立て付けが悪くて済みませんね」

「いやいや、ママ元気かい。うん、それが一番。どうも寒くなったね」

ダァンさんと呼ばれて顔を見せたのは六十を過ぎた常連で、Yという料亭の旦那、つまりダァンさんだった。このダァンさんには以前にも何度か会って、互いに言葉を交わすこともあったが、ときにはダァンさん独りご機嫌で、小皿をたたきながらぼそぼそ鼻歌などを歌っていることもあった。またその少し背を丸めた仕種《しぐさ》が親しみを感じさせた。

Yといえば博多でも名のとおった一流の料亭であるが、そもそも、いま隣に腰を下ろしたこのダァンさんが板前から店を起こし、もと仲居さんだった女将《おかみ》さんの才覚にも支えられて今日に至ったのだった。またダァンさんはいまでも板前の仕事を続けていて、朝は三時から魚市場に出かける。そして調理場を後にするのは夜の九時、毎日それからがダァンさんの自由時間だという。高塀に囲まれた料亭Yの勝手口から目と鼻の先にあるこの横丁に足を運ぶのも、近くに住むガールフレンドを訪ねるのも、すでに公認らしかった。

「それで、お会いするのがいつもこの頃なんですね」

ダァンさんはそれには答えず、意外な話を始めた。

「今日もD社の社長さんなど、お偉いさんばかりでしたよ。これからはあなた方にお願いしておかなくちゃね。よろしく頼みますよ」

「とんでもない。我々の行けるところじゃありませんよ。私など一生行けませんよ」

「いえいえ、いま店《うち》に来てくれる人たちは、皆だんだん来なくなるんですよ」

なるほど、まさに現実的な顧客開発というわけだ。このダァンさんにして…、と新たな驚きとともに、素直に敬意をはらわずにはいられなかった。しかし、頼みますよといわれたところで、これまでYなどという料亭に行けるとも、したがって行きたいとも思ったことがなかっただけに、ただ聞き流すだけだった。

某年某月某日。遠くにジングルベルが流れていた。ダァンさんはご機嫌だった。

「課長さんたち、いまからクリスマスをやりましょう」

「何ですか、課長さんって、我々課長でも何でもありませんよ」

「いいんです、いいんですよ、ちょっとクリスマスに行きましょうや」

ダァンさんは面白いことをいう。マダムもまた、ダァンさんがおっしゃるんだから行ってらっしゃいよ、という。入って間もない店を三人が出ると、後にはマダム一人だった。

横丁に沿って歩いた。三分とはかからなかった。暗い店内に赤いランプが赤い空間を作っていた。フランス人形のようなドレスを着込んだ厚化粧のレディたちに囲まれて、ハイボールを飲んだ。ダァンさんはレディの一人ひとりに小さな封筒を渡していたが、クリスマスプレゼント代りの心付けらしかった。場末のバーには場末の味が詰まっている。しかしダァンさんには参った。ダァンさんはごく自然に振舞っていたのだろうが…。

時は流れた。特別な接待には料亭Yが多くなった。末席を汚すに及んで感慨深かった。

八　戯酒

こういうところに泥棒に入れば足もつかず、捕まることもないのではないか、と思ったことがある。ただし盗むのは美術品である。

美術品といえば、レオナルド・ダ・ビンチの『モナ・リザ』を知らない人はいないだろうが、これが一九一一年に盗まれて、二年あまりルーヴル美術館から姿を消していたことは意外に知られていないかも知れない。

某年某月某日。数人の仲間と連れだってS君に案内されたスナックは、K市の繁華街に立並ぶ雑居ビルの一角にあった。いうまでもなくS君の馴染みである。それにしても明日も朝早くから仕事だというのに、こうして二次会に流れるのだからサラリーマンも楽ではない。サラリーマンの宿命、あるいは悪癖だろうか。

そのころまだカラオケなどはなかった。それぞれ水割りを前にしてもっぱら勝手なことを喋って過ごすのだが、話題は時と所と相手次第だった。

「ママ、あの絵、百万円で売らないかな」

そのバラの絵は、殺風景な壁に一つだけ、ぽつんと掛かっていた。

「そういえば、前にも一人、あの絵を褒めてくれたお客さんがいたわね」

「そうですか、なるほどね。でもいったい、あの絵どうしたの」

「いただいたのよ、開店のときに。病院の院長さんが下さったの」

「へぇ、そんな人がいるんですね。贈与税を払いましたか」

どういう経緯かは知らないが、こういうものをプレゼントする院長と、それをこういう場所に掛けっぱなしにしておくマダムにいささか驚いた。しかしこれまで、S君もこの絵を気にしたことなど一度もなかったらしい。

「またまた、そんなことといって、そんなに高い絵なの。あてにならないんだから」

というとS君は、椅子を踏台にして壁の絵を下ろしてきた。そして額から取り出してみると、当然ながら梅原龍三郎に間違いなかった。梅原龍三郎は当時からひときわ高い値がついていたが、美術館やギャラリーだけでなく、会社の役員室や料亭などでもしばしば目にすることがあった。しかしスナックで本物に出会ったのははじめてだった。

こうしたことがあってから、またS君たちと絵の好きな連中も交えて、あのスナックの梅原の絵を話題にしたことがあった。

「あの絵を盗んだら、どうなるかな。ママが警察にどういって届けるだろうか。警察はどう受止めるだろうか。どんな捜査をするだろうか。興味津々だね」

「梅原の数百万の絵が、そこにあったという証明ができれば別だがね」

「警察の対応も美術館の場合と桁違いに違うと思うよ。まったく前科のない一般の人だったら、先ず捕まることもないかも知れないね」

たしかにそうかも知れない。浮世の盲点を密かに発見したような気がして面白かった。しかし、もしもこうした犯行に成功して高価な絵を自宅の壁に掛けたとしても、見るたびに苛《さいな》まれては絵が絵の意味をなさないだろう。

話を『モナ・リザ』に戻すと、この盗難事件も本人が名乗り出なければ、迷宮入りに終わったかも知れない。犯人はイタリア人のペンキ職人だった。ルーヴル美術館に雇われて仕事をするうちに、いかにイタリアの作品が多いかに気づき、これはナポレオンが略奪したに違いない、いつの日か祖国に取り戻さなければならないと思うようになった。そして休館日の朝、職員をよそおって難なく『モナ・リザ』を持ち出したのだった。その後この世界一の微笑みをたたえた美女は、スーツケースの二重底の牢に幽閉され、二年あまり安宿を転々とすることになったのだが、その間、犯人はどんな思いでいたのだろうか。

一方、捜査は難行した。さまざまなデマも飛び交って混乱が続き、フランス政府は閣議を開いて責任者の処分を決め、ルーヴルの館長が更迭され、現場の職員や警備員の免職者もでた。さらに国会では芸術担当の国務大臣まで辞任に追込まれる始末だった。

結局『モナ・リザ』が戻ったのは、この絵をフィレンツェのウフィッツィ美術館に展示することを条件に、犯人本人がイタリアの古美術商にコンタクトしたからだった。

あのスナックの梅原のバラのようなケースは極めて希《まれ》だろう。したがって高価な美術品を失敬する機会もあるまいが、酒席の話題は何が何を誘発するか分からない。

＊モナ・リザについては酒井傳六著『遍歴の名画名品』（新潮選書）

九　奇酒

事実は小説より奇なりというが、振り返ればいまも鮮明に記憶を辿ることができるこの事実も、あるいは奇の範疇に入るのだろうか。

Ｉ君は東京からＦ市に転勤してきた。職場が変われば仕事の内容も変わったが、三十代の働き盛りである。毎日きちんと出社して、慣れない仕事をこつこつこなしていた。口数の多いほうでもなく、むしろ静かな感じのごく普通のサラリーマンだった。あえて外見に特徴を探すとすれば、一見サミー・デイビス・ジュニアを思わせる顔立ちと体型に愛嬌があった。また後になって分かったことだが、以前から酒を好んでいたようである。

某年某月某日。Ｉ君も半年が過ぎると仕事にも慣れて、秋晴れに恵まれた会社の運動会を家族で楽しんでいた。女の子が二人いたが、幼稚園だという上の子に名前を聞くと、

「レイカ」

「レイカちゃんっていうの」

つい聞き返したが、レイカに間違いなかった。Ｉ君にあらためて確かめると、麗華と書くという。ずいぶん画数の多い漢字にしたんだね、と意外な気がしたので尋ねると、新宿のキャバレーで知り合ったホステスの源氏名を、そのまま採ったというのである。

これには相槌に窮した。細君は知っているのだろうか、こともなげに他人に喋っているが大丈夫なのか、子供の名前を呼ぶとき何もひっかかるものはないのだろうか、少々解《げ》せないところもあったが、さらに立ち入る気にはならなかった。

某年某月某日。Ｉ君が保証人になってくれといってきた。会社のマイホーム融資制度を利用して自宅を新築するというのだ。

「労働組合からも借りるんですが、その手続きはもう済んだんです」

「へぇ、感心だね。で、どこに建てるの」

「うちの親父は、しょっちゅう酔っ払ってるんですよ。だから、こないだ酔っ払って機嫌の

よかったときに、うまい具合に判を押させて、土地やなんかをみんな僕の名義にしちゃったんです。だから、いまの家を建て替えるんです」

「へぇ、それで親父さんとはうまくいってるの」

「親父は毎日駐車場の番をしてますよ。帰るといつも飲んで酔っ払ってますけどね」

さらにI君の話によれば、実の父親は戦死したそうで、いま彼が親父と呼ぶのは、母親が家を継ぐために再婚した前夫の弟、すなわちI君にとっては実の叔父さんだった。かつて戦中戦後にはよくあった話である。

また、親父さんが番をしているという駐車場は、家のすぐ近くにあって、その土地も先祖代々引き継がれてきたものだという。しかもその場所が、九州の空の玄関F空港の正面通りを一つ隔てた一角とあっては、これ以上の地の利もあるまい。

「だから、いつかはね、この駐車場にアパートを建てようと思ってるんですよ」

「へぇ、偉いもんだね。君は定年後まで人生設計ができてるんだね。いやいや大したもんだよ。僕なんかそこまで考えたこともないのに、だめだよね」

「返せなくなったら、土地を売りますよ。いま値上りしてるしね」

冗談めかしたその言葉には、あえて口にしたという得意気な余裕が見てとれた。

「返せないわけないよ。これまでどおりやってりゃ給料も上がることだし、駐車場だってやってるんだし、立派にやれるよ。君は果報者だね」

それから何ケ月かが過ぎた。I君がいささかあらたまった調子でやってきた。そしてぺこんと頭を下げた。

「お陰で新しい家が建ちました。やっぱり家が広くなるといいですね」

「そうか、そうだったよね、そりゃぁよかった。おめでとう。いよいよこれからの人生プランも第一歩がスタートしたというわけだね」

I君の計画は予定どおりに進んでいたのだった。三十代でマイホームを手に入れ、同じ屋根の下に三世代の家族が一緒に生活する。これこそサラリーマンの一つの理想ともいえる姿ではないか。I君は恵まれていた。

この話はここで終わらない。しかし先を急ぐ気にはどうしてもなれない。多少の時間をおいて、タイトルを『魔酒』とでもして章をあらためることにする。

十　魔酒

同じように出社して、同じように仕事をして、同じように退社するといったごく普通のサラリーマンも、会社を離れると個人的な事情や生活スタイルは千差万別である。

Ｉ君はどうだったか。三十代にしてマイホームを新築し、両親と細君と子供たちと一緒に暮している。サラリーマンとしては恵まれていたのではなかろうか。そこに至った経緯については先に紹介したとおりである。

某年某月某日。Ｉ君が新しいマイホームを構えてから一年余りが過ぎていた。彼の仕事仲間の一人が、このごろＩ君は家に帰っていないのではないかというのである。

「だって毎日きちんと会社にきているし、家も新しくしたのに、ほんとうかね」

「このあいだ、彼に誘われて飲みに行ったんですが、どうもあの様子だと、あの飲み屋の女と、もしかすると一緒に棲んでるんじゃないかな。そんな気がしたんです」

しばらく気をつけてみていたが、定時にきて定時に帰る。残業はしない。もともとそれほど積極的に仕事に取り組むほうではなく、しかし与えられたことは黙《だま》ってやるといったタイプだったので、また周囲と好んで交わるほうでもなく、独りで行動することが多かったので、変わったかどうかよく分からなかった。だが酒は欠かさなかったようである。

あまり日をおかずにI君に直《じか》に尋《き》いてみた。

「実は女房を帰したんです。女房が中絶したんです。僕は偶然それを知ったんですが、だから女房は何にもいえなかったんです。もとはといえば、僕が悪いんですけど」

当の本人は悪びれた様子もなく、どこか人ごとのように話し始めた。

女房が妊娠中絶したのを偶然に知ったとは、まったくおかしな話であるが。家に帰らない日がずっと続いていたのだろう。細君は東北の出身だった。I君が家に寄りつかなかったとすれば、生活費も入れなかったのだろう。細君は生活のためなのか、あるいは淋しさを紛《まぎ》らわそうとしてか、空港ビルのレストランで働きはじめたのだった。F空港が自宅から数分のところにあったことも、彼女にとっては好都合だったのだろう。

しかし、どこにエアーポケットがあるか分からない。彼女がレストランの料理人と親しくなり、中絶という憂き目をみるに至るまでには、さほど時間はかからなかったようである。一方、みんな僕が悪いんです、としおらしげにいうI君だが、どうして一杯飲み屋に入り浸って家庭をかえりみなくなったのだろうか。何を考えていたのだろうか。

いずれにせよI君を何とかしなければと頭を抱えているうちに、彼が会社にこなくなった。連絡もとれない。なのにサラ金からは頻繁に電話がかかってくるというのである。ともかくI君の周辺を洗ってみようと彼の家を訪ねてみると、応対に出たのは実の妹で、すでに彼の家にはこの妹夫婦が両親と一緒に住んでいた。しかしそこでもI君の行方は一向に摑めなかったが、彼が出没するらしいという焼鳥屋を聞きだすことができた。

何の因果でこういう羽目になったのか、翌日から仕事が終ると、そのまま焼鳥屋へ直行するという日が続いた。店の主人に事情を話すと、わずかなビールで深夜一時の閉店までねばらせてくれた。そして手が空くと雑談の合間にお茶などを入れてくれたりもした。

「私など入りたくても入れない会社に入って、どうしてそんなことになるのかね」

主人のいうとおりである。どうしてなのか、魔がさしたでは済まされまい。不可解というほかはないが、当のI君は現れなかった。焼鳥屋がよいの一週間も徒労に終った。

また、一杯飲み屋のほうも何度か覗いてみたが、いつも閉まっていた。その店は古びた長屋の一隅にあって、母親と二人暮しの娘がやっていたらしい。そこにI君が転がり込んだとしても、いまどうしているのだろうか。しかし、そこまで面倒はみきれない。

やむなくI君を三ケ月の休職扱いにした。その間に何か善後策を講じようと考えてのことだったが、やはり息子の不始末にいちばん腐心するのは母親である。ビルの清掃の仕事をしているという初老の母親は、小柄で、伏し目がちに口数も少なかった。

某年某月某日。I君の休職期間も終ろうとしていた。F空港の滑走路に面した農協のロビーで、かの母親の手から七百数十万円の現金を受け取った。マイホーム新築のためにI君が会社と労金から借りた借金の残額だった。母親の実兄の計らいでI君の名義の分だか親族のものだか、相応の土地を処分したのだった。

返せなくなったら土地を売りますよ、といったI君の言葉がそのまま現実となって、その奇なる事実に虚しさが残った。I君の消息はその後も絶えて聞かない。

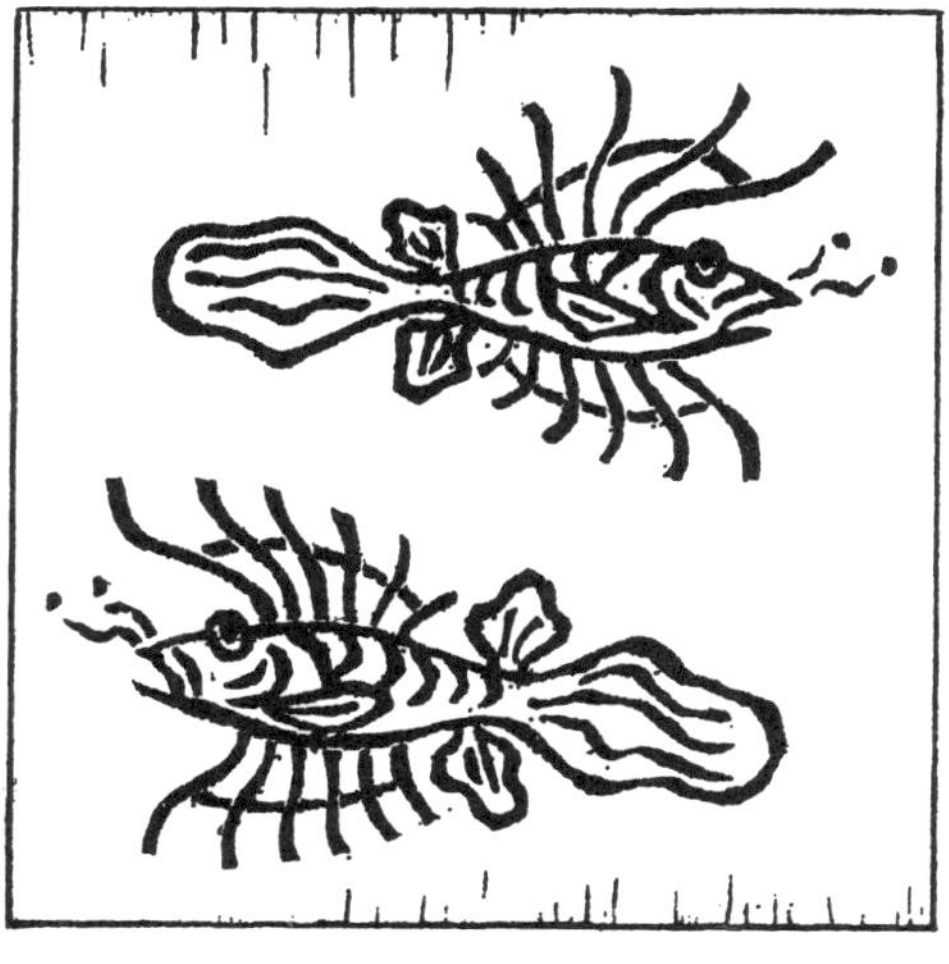

十一　懐酒

某年某月某日。大学のキャンパスは久し振りだった。かつてコンピューター・ソフトの技術者は一億人いても足りないなどといわれたころ、毎年、春先から秋口にかけて大学を訪ねていたことを思い出した。南は沖縄から北は岡山あたりまで隈なくまわって、顔馴染みになった教授も少なくなかったが、学生の採用はなかなか思うようにはいかなかった。しかし、いまでは事情が逆転しているらしい。

その日訪ねたU教授は、かつて電力会社の技術畑を歩いてきた幹部だったが、定年後はこの大学に招かれて、現在は大学院で教鞭をとっている。そのU氏とは、氏が電力会社のころからユーザーとメーカーという関係で、三十年来の付き合いだったので、そのうち変身した

U氏を訪ねてみたいと思いながら延びのびになっていたのだった。案内板を頼りにエレベーターを降りると、十二階からの眺望がこれほど開けていようとは思いもよらなかった。遥かに玄界灘が霞んでいた。

「立派な研究室ですね。学生相手はいかがですか」

新築の校舎もさることながら、研究室の空気がよかった。どのようによかったか、何となくというほかはないが、そこにはU氏の仕事場らしい雰囲気があった。

「手応えはどうですか、学生の。Uさんには少々もの足りないんじゃありませんか」

「うーん、そうね。でも、なかにはいいのもいるけどね」

雑談を続けながら肩を並べてキャンパスを出た。いまでは互いに時間に束縛される身でもなかったが、研究室で落ち合う時間を日暮れどきにしたのだった。

居酒屋にまだ客はなかったが、たまにはU氏も学生相手にだろうか、こういうところで焼酎などを嗜《たしな》んでいるらしい。あるいは浩然の気を養っているのかも知れない。

「しかしUさんの学生は幸せですね」

ほんとうにそう思った。U氏は生来まじめな質《たち》で何ごとにも熱心に取り組んでいたが、ことのほか学究的で、穏やかだがエネルギッシュで情熱的でもあったからである。

反射的に思い出したのは、一九九〇年前後の某大学での光景だった。何げなく窓越しに覗いた教室には、わずか数人の学生しかいなかったが全員が机に顔を伏せていた。にもかかわらず、糊の利いた白衣を着込んだ老先生は、壇上で粛々と講義を続けているではないか。唖然とした。大学だから許されるのだろうか。いっぺんに採用意欲も萎《しぼ》んだ。

また別の大学では企業説明会で話を始めると、やがて五〜六十人の教室に私語がエスカレートしていった。だがこの騒々しい学生たちの後方には、学部の教授が平然としていたのである。割当てられた時間は二十分だったが、使い切る気も失せて大半を返してきた。

世間は広い。定年後の暇潰しに先生稼業でも、といった「でも先生」も珍しくないようである。だがU氏にそういう真似はできない。だから学生は幸せなんです、というと、U氏は焼酎をちびちびやりながら昔のままの笑みを浮かべた。そして話は遡《さかのぼ》った。

「単身赴任を期して博士号を取った人など、Uさん以外にはいませんよ」

「うーん、そうかな。でもあそこでは、いい時間が使えたよ」

高度成長期には発電所などの建設も盛んだった。その工事現場には土木や建築、機械や電気、またコンピューターなどの技術者や作業員、その他ありとあらゆる職種の人間が集まって最盛期には千人を越えた。当然、地域は賑わい、町から離れた現場ともなれば飲食店やスナックまでが引越してきた。こうした建設現場にU氏も技術責任者として単身赴任した時期があったが、その二年あまりの間に、何と博士論文を書き上げたのだった。

当然、建設現場では勤務時間も不規則になる。酒の席も多くなる。まして単身赴任となるとタガも緩みがちで、浮き名を流す勇者も珍しくなかった。そうした環境で博士論文を仕上げたのだからU氏の面目躍如である。並のサラリーマンではない。

そのU氏が、あるとき二次会でマイクを握ったことがあった。さては流行りはじめたカラオケに毒されたか、といささか気になったが、ドイツ・リートだった。

「あのときはほっとしましたよ、シューベルトでしたね。ところで、あの発電所、いま停止してるようですね」

「うーん、電力も需要が減ったからね。でも若いころ忙しくてよかったよね」

若いころといえば、U氏には青春のエピソードがあった。かつて「ミスK市」に選ばれたというU氏の奥方に、いよいよプロポーズを決意して、ついに夢をかなえたその夜、U氏は当時勤めていた発電所の煙突に登ってバンザイを繰り返したというのである。U氏にしてこの珍妙だが何とも微笑ましいエピソードの真偽のほどを、いつか確かめてみたいと思いながらとうとう三十年が過ぎてしまった。いまとなっては聞かぬが花である。

十二　和酒

某年某月某日。ハワイの免税店だった。

「日本人はみんな細いのね。朝早くから満員電車に乗って会社に行って、残業して、それから焼鳥屋なんかでお酒を飲んで、毎晩帰りが遅いっていうから、疲れて肥る暇もないのかしらね。うちの旦那なんかサラリーマンだけど、いつも五時過ぎには帰ってくるし、肥ってるわよ。頭は薄いけどね、四十才なのに…」

日系二世だという女性店員とこういう話になって、これまであたりまえだと思ってきた日本のサラリーマンの実態が、彼女たちには異常なものに映っていたのだ、とハワイとの落差を思い知らされたのだった。しかし日本には日本のサラリーマンの営みがあるのだから、そこにたとえ悪習があったとしても、あるいはそれが宿命だとしても、それぞれが更なる未来を目指してそれぞれの道を拓いてきたわけである。

あるとき会社帰りの一杯飲屋で、親しいユーザーの一人が漏らしたことがあった。

「夕方の退社時間には、課長と目が合わないようにしているんですよ。合うと必ず飲みに誘われるんですよ」

「でも、見込んで誘ってくれるんでしょう。いいじゃありませんか」

相手の真意を確かめもせず無責任な相槌を打ったが、必ず誘うという課長のT氏とはたびたび酒席を共にすることがあって、いつからか、サラリーマンが会社帰りに酒場に立ち寄るのもあながち無意味とはいえないのではないか、と思うようにもなっていた。

T氏は原子力や火力発電などに精通した技術者で、かつては、そうした先端技術の導入にあたってアメリカに駐在したこともあったが、現在に至ってますます周囲からの信頼も厚く、若い技術者にも慕われる温厚な紳士だった。そのT氏がいつから酒に親しんできたかは知らないが、いわゆる酒飲みではなくて、いつも酒をこよなく愛するといった印象を強くするばかりだった。静かに杯を重ねる姿には、どこか余裕が感じられた。

某年某月某日。某発電所の建設現場で懇親会が催された。その帰りだった。

「お茶でも飲んでいきますか」

T氏がタクシーを止めた。もちろんT氏に誘われて断るわけがない。

「Tさん、ここですか」

「オチャケにしましょう。ちょっといいでしょう。ハッハッハッ…」

T氏にこういう茶目っ気があったとは、あらためてT氏を身近かに感じながら、後についで小料理屋の暖簾《のれん》をくぐった。入れ違いに二、三人の客が出てゆくと、マダムは表の明かりを消した。それからの三人の宴はマダムのペースだった。

「ねぇ、こういう詩どうかしら、…雲に兆しがある　ひび割れた骨に…」

急に難問をもちかけられて二人は返答に窮した。しかしそれもまた一興である。

「でも、ベートーヴェンの『英雄』の第二楽章、あの葬送行進曲にぴったりですよ」

あのメロディにはどんな詩でも乗る、と何かで読んだ覚えがあって、はたして歌ってみると不思議に窮地を脱することができて、めでたくお開きの乾杯となったのだった。

某年某月某日。T氏と落ち合ったのは例の「雲に兆し…」の店だった。T氏はよほど気に入っていたのだろう。むしろさばさばした感じの中年のマダムだったが、詩や文学に限らず芸術全般に通じた女性だったのかも知れない。しかしその日は、いい酒が手に入ったのでこれから宅《うち》に寄っていきませんか、とT氏に促されて早めに店を出た。そして一緒にタクシーにおさまると、何気なく膝においた岩波新書に話が移った。

「ヴァイオリン造りのマイスター無量塔藏六《むらたぞうろく》の『ヴァイオリン』*ですが、何か…」

「奇遇ですね。私もそれと同じ本を読んでるんですよ。これでしょう」

T氏が同じ本を鞄から取り出した。とくに話題になったわけでもないこの新刊を、T氏も読んでいたとはまさに奇遇だった。しかしさらに、T氏のお宅に着いてからも話を続けていると、にこやかに奥方がテーブルに置いたのも、また同じ『ヴァイオリン』だった。

「下の娘が買ってきたので、読んでたの」

奇遇が重なった。しかし不思議ではない。T氏の長女がオーケストラでヴァイオリンを弾いていたので、T氏もまた次女も、この新刊に目が留まったのだろう。言わず語らずに繋がった家族の絆に、響き合う和音にも似た温もりを感じて美酒に酔った。すでにその銘酒の名は忘れてしまったが、三冊の新書が並んだ光景はいまも瞼に焼きついている。

＊無量塔藏六著『ヴァイオリン』（岩波新書）

十三　鮮酒

書棚の前に立つと、本の背に印刷されたそれぞれの書名と著者名は忘れようもなく、どれをとってもいまだに惹かれるものばかりだというのに、その内容を思い出せないものがあまりにも多くて、いつも唖然とする。しかし、あらためて読み返そうという気にはどうしてもならない。未練は残ったとしても残された時間がないから諦めるほかはない。

決して多読ではなかったが、選んでぽつぽつ読んできた気がする。少なくとも低俗なものは避けた。一生のうちに、例えば十五才から七十五才まで六十年間、一日一冊読んだとしても二万二千冊である。少しでも良いものを齧《かじ》らなければ損だと思ってきた。ジャンルからすれば小説の類いは少なかったが、なぜか一葉とヘッセはよく読んだ。「廻れば大門の見返り柳いと長けれど、お歯ぐろ溝《どぶ》に燈火《ともしび》うつる三階の騒ぎも手に取る如く、明けくれなしの車の往来《ゆきき》にはかり知られぬ全盛をうらなひて…」といった『たけくらべ』の出だしなどは、いつとはなしに頭にこびりついてしまった。


某年某月某日。

「一葉とモーツァルトが出ると、そろそろ酔ってきたってことかな」

S氏にはとっくに見抜かれていたのだ。

「いや参りましたね、酔って本音ではまずいですね。でも、いつでもどこでもというわけには、なかなかいきませんし。お酒も本音を肴に飲めれば愉快でしょうね。もっとも酔わなくたって、Sさんにはいつも本音を聞いてもらっていますが、済みません」

「済みませんってことはないよ。しかし本音ね、難しいもんだね」

「一葉もモーツァルトも最高に美しいですよね。ゴルフや野球やカラオケなどとは桁違いに興味があるんですけど、それをそのままぶっつけて、ちょっと一杯とはね…。変わってるといわれるのはいいとしても、相手にしてもらえませんから」

「人それぞれ、十人十色というからね。しかし変わってるといったところで、それは変わってるんじゃなくて、いわば少数派なんだよ」

「なるほどね、すると大衆小説とか大衆芸能といったものも、多数派小説、多数派芸能といったほうがいいかも知れませんね」

S氏は得意先の一流会社の要職にある碩学の技術者で、初対面からすでに三十年あまりになるが、S氏こそ少数派である。営業の仕事をして一番よかったのは、こういう人に会えたことかも知れない。後味のよい美味しい酒が飲める。そして何といっても勉強になる。生き方に触発されるものがある。こうしてみると、また全ては出会いから始まるなどといってみたくなる。S氏との出会いもそうであったが、一葉やモーツァルトにしても、またその他にもさまざまな出会いが無数にあって、あたかもアミダクジのような出会いを重ねながら現在に至っているのではなかろうか。しかしアミダクジと違うところは、出会う度にそこからどう進むか、それを自分で決めなければならないことである。

S氏にはいつも感心した。たとえ二次会に流れたとしても、帰宅は九時を目安にしていたようである。自分の時間を残していたのかも知れない。しかし周囲にそれを感じさせることもなく、付き合い難いと思わせるようなこともなく、むしろ皆から慕われていた。

「多数派小説ね、そうなんだが、多数派、少数派では派閥のようで語感も悪いしね」

「でもSさん、純文学に対して大衆小説、古典芸能に対して大衆芸能、クラシックに対してポピュラーでしょう。これも何となく大衆を下にみているように聞こえませんか」

「しかし、どう表現するかは別として、人間の嗜好の分布がどうなのかは知らないが、大半の人の好みの傾向が、大衆何々と呼ばれるところにあるのはたしかだろうね」

「以前、古典とは古いということではなくて誰もが勉強すべきもの、と書いた一節が新聞に取り上げられましてね、ちょっと照れましたけど、でも本音でしたからね…」

「いま新聞も何をどう取り上げるかは大事だね。メディアの役割は大きいからね」

「メディアも多数派のポテンシャルを上げるのに一役買ってもらいたいですね。連続ドラマのテーマ音楽や演歌など、すぐ鼻についてくるし、すぐ忘れてしまうのに、クラシックだと半世紀続いていても聴くたびに新鮮ですからね。視聴率ではありませんよ」

カウンターの向うでマダムが笑っていた。そして、やはり一言あった。

「お酒も飲むたびに新鮮なんでしょうね。クラシックと同じように」

「お酒よりママさんのほうが新鮮ですよ。何度かコンサートでも会いましたね」

「あのころはクラシックのコンサートも少なかったし、コンサートでも美術館でもよく同じ顔を見かけたわね。いまは質より量の時代かしらね。豊かというより…」

S氏といいマダムといいい大人である。こうした少数派と飲む酒は新鮮だった。

十四　談酒

飽食の時代といわれる世相を反映してか、あるいは番組作りが手軽なのか、最近、このテレビは飲食業界の先棒をかついでいるのでは…、と思うことがよくある。視聴率でも高いのだろうか。しかし馬鹿にしてはいけないかも知れない。いつの時代にも人が生物として、また人間としても生きてゆくためには、食がその根源にあるのはたしかである。

不朽の名著『美味礼讃』で知られるブリア・サヴァランも「新しいご馳走の発見は、人類の幸せにとって新しい天体の発見以上である」と名言を残している。しかし彼はただの食通ではない。文学、法学、生理学、解剖学、天文学、化学、考古学、音楽…等々、あらゆる学問・芸術に精通して、ヨーロッパのすべての国語を話すフランス人で、有能高貴かつ実践的な教養人だったのである。こういう人物に出くわすとそのたびに、こういう傑物がどうして現れるのだろうかと思うのだが、それはそれとして、そういう作者の手になってこそ『美味礼讃』が食を語って人間哲学の書といわれる所以であろう。

その『美味礼讃』と双璧をなす中国の古典『随園食単』を著した袁枚《えんばい》もまたブリア・サヴァランと並び称せられる博学の通人だったという。古代ギリシャ以来、洋の東西を問わず、食を、また酒を語った碩学は数知れず、現代にいたってなお跡を絶たないが、こうした諸賢の蘊蓄《うんちく》の一端を享受する悦びもまたひとしおである。

某年某月某日。

地下への階段を降りていった。このビルには上りの階段があったのだろうか。気にしたこともなかったが、少なくともいま降りてきた階段のあたりには見あたらなかった。だが上りに用はない。降りた先に一つだけあるドアを押すと、カウンターの奥に口髭をたくわえたマスターの姿があった。正面に腰を下ろした。

「いらっしゃい。だいぶはいってるようですね」

「この階段を降りると、ほっとするね。吉田健一の書いた本に『乞食王子』というのがあったよね。あの本にあるような気分かな。そんなに格調が高いわけないね」

「いやいや高いですよ。さて何にしましょうか、まずはシェリーですか」

一息入れたところで気がつくと、カウンターの端のほうに手作りの貯金箱のような箱が置いてある。尋《き》けば今度この店のO君が、NBAつまり日本バーテンダー協会の主催する全国バーテンダー技能競技大会に出ることになったので、応援のカンパだという。

「それにしても、この箱ちょっと淋しいね。寄せ書き風にでも何か書きますか」

「大丈夫ですか。酔ってたんじゃ何を書くか分からないからね。せっかく入れようとした人が、そこで手を引っ込めたんじゃかないませんからね」

マスターにまったく信用がなかったが、無理にペンを取り寄せて「誰かにカクテルを作るということは、その人がそこにいる間じゅう、その人の幸せを引き受けるということだ」と書いた。心配そうに眺めていたマスターが、ややおいて口を開いた。

「いやいや、見なおしましたね。こりゃいい、この言葉もらいましたよ」

いいはずである。ブリア・サヴァランの格言の一つをちょっと拝借して、この場に合った文句にしただけのことである。マスターはO君を呼んだ。

「どうだい。これだよ、これでいくんだ。評価はその結果だよ」

数日後、また例の階段を降りてドアを押した。客は一人もいなかった。

「いらっしゃい。今日も少しはいってますね」

「はいっているのに、どうしてまたここにくるのか、不思議ですね。ところでマスター、カクテルって何種類ぐらいあるの、何百、何千かな。誰が発明するのかね」

「そうね、調べてみないと、職業柄うかつな返事はできませんからね。でもおそらく、その土地と人が、その土地と人に合ったカクテルを作ってきたんでしょうね」

「じゃ、カミサマと一緒かね。人はその人に合ったカミサマを作るというからね」

「面白いことをいいますね、初耳ですよ。でも罰《ばち》があたりますよ」

「しかし何のためにカミサマが要《い》るのかね。懺悔して心を静めるためなのかな…。だったら酒も喉が渇いたから飲むわけじゃないし、心を癒す効能がありますよね」

「でも酒は往々にして懺悔のネタを作る…。そうか、カミサマの仕事も作るってわけか」

「飢えざるときに喰い、渇かざるときに飲む、この悦びを人間だけに授けてくれたカミサマはありがたいね。己の都合に合わせて作られたカミサマとは大違いだね」

このいい加減な饒舌のときが、この階段を降りる理由《わけ》だったのかも知れない。

十五　冷酒

某年某月某日。

会社が終わると珍しくA君に誘われた。腰を下ろしたのは時々立ち寄ることもある路地裏の居酒屋だった。特に話があったわけでもない。

ほどほどにアルコールもまわって雑談も一段落したところで「そろそろ帰ろうか」とA君を促すと、A君は急に元気になって「なんだ、お前もだらしないな。これくらいで帰るのか」と言葉もいささか乱暴になって、店を出るまで気炎を上げ続けた。

しかし帰りのタクシーでは神妙だった。やがて家の前でタクシーが止まると「ちょっと家《うち》に寄って、遅くまで引き止めて悪かったと、女房に謝ってくれないか」とA君がいうのである。耳を疑った。しかしこの突拍子もないA君の言動にも、そこに至るにはそれなりの何かがあったのだろう。だが帰宅したA君がいかに処したか、知る由もなかった。

今更いうまでもないが、酒はとかく、それが善であれ悪であれ、建設的であれ破壊的であれ、人間の奥底に潜むマグマをさらけだす。それがストレスの発散だとしても、それで解消するくらいのストレスなら、しれたものかも知れない。むしろ傍《はた》迷惑の誇《そし》りを免れないだろう。披露してほめられたものではないが、思い出すことはいくらでもある。

某年某月某日。

小雪の舞う真夜中に社宅の電話が鳴った。警察からだった。B君がトラ箱に入っているというのである。トラ箱とは泥酔者を一時的に収容保護するところである。

ともかく友人と二人で引取りにいってみると、まさに泥酔である。一人で路上に倒れていたというが、幸い怪我もなく、他人と争ってトラブルを起こした様子もない。また財布や身分証明書などもポケットに残っていたので、ひとまず安心した。

土左衛門のようなB君を両脇から抱えてタクシーを降りた。玄関が開いた。そして細君の第一声が耳に刺さった。「あなたたちが、主人に飲ませたんじゃありませんか」

目覚めたB君が細君にどう釈明したか、立ち入る気など毛頭おこらなかった。

某年某月某日。

C氏から誘いがかかった。C氏は得意先の課長だったが、職場も同じビルにあってよく顔を合わせていたので、ビルの谷間にへばりついた屋台で焼酎などをあおったとしても違和感はなかった。その日もほろ酔い機嫌で店を出ると「もう一軒行こうか」とC氏がタクシーを止めた。そしてしばらく走ると「家《うち》に寄って飲んでいかないか」という。「いいんですか夜分に、お土産もありませんし」と相槌を打ちながらC氏に従った。

C氏が玄関のベルを押そうとして振り向いた。耳元に口を寄せると「実はね、ゆうべ家に帰ってないんだよ」というではないか。一瞬戸惑ったが、やがて玄関が明るくなって奥から人の近づく気配に酔いも醒めて、そうだったのか…、と思いを巡らせた。

それから客として奥方に紹介されたが、ともあれ「昨日はほんとうに申し訳ありませんでした。私どもの電気系統がトラブルを起こしまして…、とうとうCさんには徹夜をさせてしまいまして…、K市まで行ってもらったんですが…、夕方までには何とかなると思ってたんですが…、ほんとうに申し訳ありませんでした」としどろもどろだった。

奥方が酒肴の用意に立つと、C氏はこちらに向き直って片目をつぶった。初対面の客を迎えたとはいえ不快感を隠せないようで、ぎこちなくこわばっていた奥方の表情も、いつしか和らいできたようであったが、あるいは最後まで作っていたのかも知れない。

これがC氏の高等戦術だったのだろうか。あるいは苦戦の始まりだったのか、継続中だったのか、また終りになったのか、詮索する気も失せていた。

某年某月某日。その日もD君と場末のスナックで…。こうして始めると、D君の一件も昨日のことのように思われてくるが、E君が女性関係からヤクザに追われて、一時の逃避行に関わったことも鮮やかに甦ってくる。

また、かつての高度成長期には働き蜂たちの慰安旅行も盛んだったが、そこでのF君やG君の武勇伝、あるいは年に一度の忘年会でのH君やI君の脱線ぶり、思い起こせばきりがない。しかし、どれもいまとなっては温度が冷めてしまった。

他人の行動に責任はもてない。しかし他人の存在に無責任ではいられない。いつか何かで読んだ覚えがある。しかし、心に残るものは美しくなくてはならない。

十六　旨酒

美味《おい》しい酒とはどんな酒だろうか。花はあっても美しい花という花はないように、酒にも美味しい酒という酒はない。美しいや美味しいは人間の感情の現れであるから、その人が何をどう感ずるかであり、したがって、その人がこれまでどのように生きてきたかにもよるのだろう。しかし何はともあれ、美味しい酒とは心のかよう酒かも知れない。あるいは理屈は抜きに、ただ後味のよい酒といえるかも知れない。

某年某月某日。長身のN君はダブルの背広でやってきた。こう温暖化が進むと残暑という言葉のもつ季節感も薄らいでくるが、それでも中秋の名月のころともなれば日差しも和らいで、心なしか季節が歩を早めるようである。予約しておいた割烹Yの白木の階段を上ると、かすかに香の漂う廊下に、夕映えが障子の桟《さん》を浮き立たせていた。冷房が効いているのかいないのか、いずれにせよ掘り炬燵風に卓をしつらえた畳の部屋は快かった。

「お久し振りですね、Fちゃんがお待ちですよ」

見覚えのある仲居さんが、ビールの栓を抜きながらにこやかに顔を上げた。

「忙しそうですね。Fちゃんにも会いたいね。今日はキモにも会えるし…」

N君もまたキモを心待ちにしていたのだ。こういう相棒は楽しい。O市の割烹Yはフグ料理専門の老舗《しにせ》だった。

「そういえばキモも久し振りですよ。余所《よそ》ではキモは出ないからね」

「そうらしいですね。お客さまがよくそうおっしゃいます」

「条例で禁止されてるところが多いから、食べられるのはここと、どこだろう。しかしもしフグのキモに毒がなかったら、これほど珍重されなかったかも知れないね」

「そのN君の説はうなずけるね。毒のないフグなら養殖して毒のない餌をやればいい。海ではフグがいろんな餌を漁《あさ》って食べるから、その中にテトロドトキシンだっけ、そんな猛毒をフグの内臓に溜め込む物質があって、それでフグが毒をもつんだからね」

「お金ならともかく毒を溜めたってね、お客さん。でもフグに毒がなかったらね…」

「毒があるから人間の間ではお金になる…。ところで話は変わるけど、昔フグは揚子江の河口辺りでよく漁《と》れたらしいね。だから漢字でカワブタ、河豚《ふぐ》って書くんだって」

「そうですか、そうかも知れないけどね、この人はもともと技術系なんですよ。どうも技術屋さんときたら一つや二つ何か理屈をつけなきゃ始まらないんだから」

いつものペースで座をとりもつN君は事務屋だったが、事務屋も技術屋もない。仲居さんも交えて饒舌にヒレ酒も進んだ。そこにF嬢が顔を出した。

F嬢はこの店の女将《おかみ》の縁続きで、国際線のスチュワーデスをしていたという現代っ娘だったが、その若さに和服が栄えた。いつだったか、スチュワーデスを辞めてからは英語を忘れないように英語で独り言をいったりしているんです、と漏らしたこともあったが、彼女の健《けな》気《げ》さがそのまま伝わってきて嫌味がなかった。

「Fちゃんは熱燗《あつかん》だったね。駆けつけ三杯といこうか」

F嬢の好みをN君は覚えていたのだ。だが一息ついたところで、焼酎の話になった。

「このごろ何でしたっけ、そうそう『魔王』って焼酎、そんなに美味しいのかしら」

「どうかな、一度飲んだけどよく分からなかったな。まだ飲み方が足りないのかも知れないけどね。でもプレミアがついて、えらく高いらしいよ」

「そうですか、Nさんお飲みになったんですか、さすがご勉強ですね」

「だけど『魔王』って名前、何からとったんだろう。魔王なんて言葉あまり聞くことも使うこともないのに。もっとも酒の名前などあまり使わない言葉が多いけど、それでも花とか鳥とか山とか、自然の風物からとったのが多いよね。Fちゃん、どう思う」

「そうですね、魔王って聞いて思い出すのはシューベルトの歌曲、それだけかしら」

「そうだよね、Fちゃんもそうか、ほかにないよね。でも、あれ難しくて素人は歌おうなんて思わないだろうね。『菩提樹』ならともかくね」

「その『菩提樹』、いつか聞いたことがあったね。ここでやってみたら…。ところで『魔王』だけど、焼酎を甕《かめ》に入れて何年か寝かせておくと、蒸発したり滲み出したりして少し減るんだって、それを魔王が飲んだってことにして、そこから名前をとったらしいよ」

N君がどこかで聞いたというが、案外そういうことかも知れない。

「だとするとワインの真似ってことか。いささか興醒めだね」

「ワインは天使が飲んだっていうけど、焼酎は魔王ですか。でも好きずきですからね」

「すると日本酒なら、さしずめFちゃんに白羽の矢が立つ、Fちゃんが飲んだってね」

ヒレ酒が美味しい酒になった。こういう仲間となら水でも美味しかったかも知れない。

十七　斉酒

坂東太郎、筑紫二郎、四国三郎といえば、周知のとおり利根川、筑後川、吉野川の異称であるが、こういう呼び名がいったいどうして付いたのだろうか。あるいは古来その土地の川が、その土地の人々の営みに深く関わって親しまれてきた証しかも知れない。

なかでも梅雨を前にして毎年きまって思い出すのが筑紫二郎である。もちろんこの川がいま住んでいる九州を流れているからでもあるが、この河口でエツがこの季節にだけ漁《と》れるからである。そのエツを教えてくれたのは筑後川沿いの町に生れ育ったS氏だった。そして案内された所もまた、この川の蜒々《えんえん》と続く土手を下った、造り酒屋の離れだった。いまでこそエツ料理の店として広く知られているが、当時はエツの揚ったときにだけ自宅を開放するという、知る人ぞ知る鄙《ひな》びた家庭料理の離れだった。その日も梅雨のさなかとはいえ他に客はなく、初もののエツに舌鼓を打ちながらも、庭先から拡がる水田を渡ってくる風に、妙に心が揺すぶられたのを思い出す。

地元では弘法大師の流した葦の葉がエツになったと伝えられているが、エツを辞書で調べてみると漢字では斉魚、カタクチイワシ科の海水魚で有明海に多いとある。魚の名も鯖や鮃であれば、その字から何となく見当もつく。しかし斉魚となると斉にどんな意味があるのだろうか。そこで斉を引いてみると、つつしむこと、ひとしいこと、懺悔することなどとあって、これが魚の名とどう結びつくのか門外漢に分かるはずもない。

某年某月某日。

再びS氏を煩わせて、例の離れにエツ料理を予約しておいた。東京のJ氏を案内するためである。J氏はなかなかの勉強家で、海外にも通じ、技術屋ながら「食」への関心も人後に落ちることはなかった。だがエツははじめてだという。

「これは最高の贅沢ですね。この時期にここでしか食べられないご馳走にありつけるのですから、嬉しいですね。そのうえ、この家の蔵で造ったお酒ときてはね」

これこそ連れてきた甲斐があるというものである。J氏は愛飲家でもあった。

「五月から七月までの産卵期に限って、この河口だけでエツを漁るから、幻の魚などといいますけどね、それはともかく、エツが珍重されるのは水から揚げると鮮度がすぐ落ちるんだそうですよ。だからエツの刺身など余所《よそ》では出せないんです」

ふだんから口数の多いほうでもなく、むしろ訥々《とつとつ》とした語り口が人を逸《そ》らさないS氏だったが、一呼吸おくとさらに続けた。

「それから、この紫陽花《あじさい》の花のような色をしたの、これは生の卵なんですよ。これこそここでなきゃ食べられないでしょうね」

ごもっともである。こうして生ものに箸をつけた。そして酢のもの、焼きもの、煮もの、揚げもの、また南蛮漬と、エツ尽しになぜか冷酒が進んだ。J氏が突然だった。

「来た、見た、勝った、じゃなくて喰った、ですな」

なるほど言い得て妙である。はじめてのエツに満足したとはいえ、真に口腹を満たすに至るには、そこに何がしかの解放感が不可欠だろう。その解放感を誘った一因が、ここまでやってきた小旅行にもあったのだろう。

「参りましたね、カエサルの心境ですか。いやいや、これはどうもカエサルさま、あいにくご相伴がクレオパトラでなくて…、済みませんね」

一斉に声を立てて笑った。こういう笑いがあってこそ酒が旨くなる。

「そうか、二次会にスナックに行くのは、クレオパトラを求めてなのか」

「急に俗っぽくなりましたね」

「そういえばアメリカのタバコに『マル・ボロ』ってありましたかね。たしかそのタバコの箱に、来た、見た、勝った、とラテン語で書いてあると聞いたことがあるんですが、何を意図したんでしょうね、Jさん分かりますか」

「いや、タバコを吸わないので見たこともないけど、どういう意味だろうね」

「Jさん、これどうですか、メメント・モリ。タバコの箱に書くんですよ」

「死を考えよ、ですか。ほんとだね、でもタバコが売れなくなりますよ。それよりメメント・モリには、もっと哲学的な、また宗教的な深い意味があるんじゃないですか」

エツをだしに互いに勝手なことを喋った。傍目《はため》には暇人の不毛の饒舌以外の何ものにも映らなかっただろう。だが暮れなずむ川の土手に立つとJ氏が呟いた。

「また来年、ここで今日と同じように飲みたいね」

十八　島酒

　地方都市にいると首都圏からの来客が多い。彼らをもてなすには島に渡ることである。市営の渡船場からフェリーで十分の船旅をするだけで、イワシもタイになり、ふつうの酒が大吟醸になるかも知れない。博多湾に浮かぶこの島には案内のし甲斐がある。

　およそ人間が口腹を満たすなどといったところで、満たし方や満足度は人それぞれ、その場その場、その時その時で、かなり弾力的ではなかろうか。会社帰りのささやかな道草にしても、場所や相手が変われば気分も変わる。ビールの味も変わる。論理的とはいえないが、そこが人間の人間らしいところかも知れない。だから島も面白いのだろう。

某年某月某日。この島にH氏を誘った。H氏はこの地方都市を何度となく訪れているが仕事である。飛行機からたとえこの島が目に入ったとしても、まさか渡ろうなどとは考えてもみなかっただろう。で、その日は仕事を済ますと真っ直ぐ渡船場に向かった。

「何だか遠足気分だね。いつものように居酒屋に直行では、どこか仕事の延長って感じだけど、ここは島だからね。日の暮れも東京と一時間くらい違うのかな」

H氏の言葉には実感があった。

「ちょっとぶらつきますか、まだ日も高いし」

実はこういうときの散策にはうってつけと、手前味噌ながら、すでに何人かを案内済みの場所があった。港から民家の路地を抜けて、途中棚田の畦道を行くと十五、六分の高台に檀一雄の寓居が残っている。質素な平屋に今は住む人もなく荒《さ》びれてはいるが、庭の片隅に立てば対岸の街が遠くに霞んで、近郊の島ならではの風情がある。

「ここで『火宅の人』を書いたとはね、どんな心境だったのかね」

「どうですかね、ああいう人たちの心境はサラリーマンには分かりませんからね」

無責任な相槌を打ちながら由緒ある旧居を後にした。

この島が風致地区だからかも知れない。商店や割烹旅館などが港に面して点在する昔ながらの町並みには、どことなく調和があり趣があった。そこに、たまたま顔馴染みになった一軒の小料理屋があって、その日も迷うことなくその店に落ち着いたのだった。気がつくと正面の壁に掛かっているのは、エーゲ海に浮かぶサントリーニ島の風景だった。

「木造の家と石の家、神棚と教会、日本とギリシャ、そういう全く違った文化圏にあるというのに、島の人どうし、何か通じ合うものがあるのかね」

「Hさん、それ文化人類学的発想ですか。さすが造詣が深いですね」

「造詣なんて、とんでもない。でもね、さっき棚田のところの崖に岩肌が出てたよね。昔を思い出したな。大学の頃ちょっと興味をもってたんでね」

「ゲーテみたいですね。ゲーテにもよく鉱物学や地質学のことが出てきますよね」

早くもビールがまわり始めた。窓越しに揺れる港の灯が酔わせるのだろうか。魚も生簀《いけす》のものばかりではなかった。コアジの南蛮漬、小ぶりのサザエを丸ごと焼いた壺焼、またアサリの味噌汁などに、むしろ新鮮味があった。島が隠し味を効かせたのかも知れない。

「Hさん、このサザエにはトゲがありますよ。まさにタービンですね。サザエは英語でターボ、これがタービンの語源だと教えてくれたのはHさんでしたね。タービンが発明されたとき、その羽根車の格好がトゲのあるサザエに似ていた。それでサザエのターボから名前をとってタービンになった。こういう話は忘れませんね」

「そうだったかな、でも教わったこともありましたよ。サザエの尻尾《しっぽ》の色が黄色いのがオスで、青いのがメスだったかな。そんなこと考えたこともなかったからね」

「話は変わりますがね、先日コントラバスのソロを聴く機会があって、そのときHさんのファゴットを思い出しましたよ。続けてるんでしょう、どこかでコンサートでもやってはどうですか。ファゴットもコントラバスと同じように、通奏低音的なところがあって、曲の数も少ないんでしょうけど、ファゴット・ソナタなどもありますよね」

「ありますね、新曲も出ていますよ。でもコンサートなんて無理ですね。しかし、こういう島で吹いてみたいな…、思い切り、ほんとうに。いいだろうな…」

「いいですよそれ、島にはファゴットがよく似合う…、どうですか。あの渋い赤胴から抜け出した艶のある低音が、海からの凪に乗って流れる、ぞくぞくしますね」

「意外にロマンティストだね」

「Hさんこそ、技術の中枢にありながらファゴットなんて、どちらかといえば地味な楽器に惚れこんできたんでしょう。酒と違って、ロマンティストでなきゃ続きませんよ」

H氏とは長い付き合いになる。H氏も理系だが、互いに興に任せて駄弁を弄《ろう》してきた仲である。この日もまた、まして島の美酒に後押しされては、理系も何もなかった。

十九　潮酒

某年某月某日。

D氏の仕事は前日に終り、その日は土曜で会社はなかった。夜の会合まで出張先での時間が空いたので、昼食は博多湾に浮かぶ小島でとることにした。

この島のことは前にも触れたが、フェリーでわずか十分、港を離れて海を渡るだけでどうしてこうも気分が変わるのだろうか。あるいは、人それぞれ生まれも育ちも違えば、船上での思いもまたそれぞれかも知れない。しかし、そこで誰もが共有するのは解放感ではなかろうか。なぜなのか、ちょっとやそっと頭を捻ったところで分かるはずもないが、分からなくてもよい。この島は東京の人を連れ出す穴場である。

幸い穏やかな日和にも恵まれて、昼までにはまだ時間があった。港から見上げると正面の山裾に、二つの白い建物がすっぽりおさまっている。この島の小学校と博物館である。小学校はともかく、島を案内するには月並みかも知れないが、博物館は覗いてみたい。

「こんな小さな島に博物館とはね」

D氏が呟いた。無理もない。ともあれ博物館へと海岸に沿って歩くと、ときおり海面に影を映す小魚の群れや、頭上に舞うユリカモメの歓迎に、D氏は何を思ったか立ち止まって深呼吸をした。どこか原風景にでも触れるところがあったのだろうか。

海岸を離れると細い坂道の途中に博物館の門がある。入ってからも坂は続くが、途中にその傾斜を利用した古窯の跡がある。築窯は十八世紀で、一九六〇年代に発掘されたが、窯室七房連結という大規模な構造が一目で分かる、国内でも稀少な窯と説明板にあった。なるほど構造もよく分かるが、その窯の中を貫く何本もの太い木の根には、歴史も実感させられる。それにしてもなぜ、地の利を占めるとも思えないこの島に、あえて窯を築かねばならなかったのか、ロマンもうかがえるが昔から島には引力があったのだろうか。

広葉樹の小路を抜けて館内に入ると、島の歴史に因んだ産物や書画骨董などのほかにも常設絵画の別棟があって、そこにはあまり知られてはいないが、この島に生まれて帝展・文展の無鑑査となった明治の洋画家・多々良義雄の作品が多く集められている。

ほどほどに自然を歩き、ほどほどに土地の文化にも触れ、ほどほどの時間に港の小料理屋に着けば、喉もほどほどに刺戟を求めてビールも一味違ってくる。ジョッキを傾けながら、D氏が先ほど買ったばかりの数枚の絵葉書を取り出した。

「これ多々良義雄といったね、行く先々、知らないことばかりだね」

「その後ろ向きの裸婦の腰とお尻の間の菱形、それミカエルの菱形っていうんだよね」

「それも知らなかったな。そういえば菱形だね。これ誰にもあるのかね」

「それは知らないけど、彫刻にもよくあるよ。Dさんの近くだと、京王線の聖跡桜が丘の駅前に立ってる彫刻に、たしかあったと思うよ。なぜか覚えてるんだよね」

「でもどうして、あの菱形がミカエルなの」

「そうね、どこかの美術館でもこの話をしたら、同じことを尋《き》かれてね、見返るからじゃないの、なんてちゃかしたけど理由《わけ》があるはずだよね。勉強不足で済みません」

どこかにまだ小徘徊の余韻も残って、口も軽かったが、そこにタコの刺身が出た。

「今日は、いい地ダコが入りましたから、切ってみました」

「どうも、しばらくでしたね。ところでご主人、このアシは何番目のアシでした」

「何番目って、気にしたことないね。八本ともみな同じようですけどね」

「食べるぶんにはみんな同じでしょうけど、マダコのオスだと右の三番目のアシが交接腕といってね、繁殖期になるとこの腕をメスの胴体に差し込んで授精するんですって。タコによっては、その腕の先っぽを切り離して、メスの体内に残すのもあるそうですよ」

「初耳ですね。だいいちタコがオスだかメスだか、気になんかしませんからね。でもその腕はまた生えるのかね。そちらのほうが気になりますよ」

主人の声は一つ先のテーブルにも向けられていた。その客は近くの常連らしかった。

「ほんと、また生えるのかな。人ごと、じゃなくてタコごとながらね。わたしゃ漁師だけどそんなの知らなかったな。二人は何の先生かね、いろんなことを知ってるね」

「先生でも何でもありませんよ。ただのサラリーマンですよ」

それから日もまだ高かったので、その漁師や店の主人から島の漁業事情や魚の話などが聞けて、島の店ならではの酒になった。そしてまた帰りのフェリーでは本当の先生に出会ったのだった。この島の小学校に勤める女教師で『二十四の瞳』に憧れて教員を志したというのである。そしていま島の小学校で教鞭を執っているとは、これ以上の話はない。あまりにも短かかったフェリーの旅をD氏もしきりに残念がった。思いは誰も同じである。

二十　神酒

古くからお客様は神様といわれてきたが、その神様ともずいぶん付き合ってきた。いうまでもなく、ご無理ご尤もで奉るからカミサマである。しかしカミサマというからにはご利益《りやく》を賜ることもなくはなかった。

某年某月某日。

つくば博覧会の開催中だった。その日は大の得意先である九州の某社の某役員を、そして翌日は、また同じ会社の別の役員を案内することになっていた。二人が同じ日であれば一日で済むのだが、カミサマにも都合がある。一日目は急に予定を早めたカミサマを昼前に送り出すと、翌日のカミサマを迎えるまで時間が空いた。東京に引き返すのも能がないが、近くには宿がない。時刻表をめくっていると笠間という地名が目に留まった。日本三大稲荷の一つを頂くからには古い町であろう。美術館の名にも聞き覚えがある。

こうして一夜の宿を求めて笠間まで足を延ばすと、まずは天下に聞こえた笠間稲荷に向ったが、なぜか印象に残るほどでもなく、参拝客も疎《まば》らだった。しかし門前に軒を連ねる老舗《しにせ》旅館は、どこも団体客で満室だという。いささか驚いたが、一人くらい何とかなるだろうと高を括《くく》って美術館を訪ねた。そして、さらに勧められて町と反対側の芸術村にまわると、図らずもそこで宿が見つかったのだから、どこに何があるか分からない。

芸術村とは何か、そしてその中心に、魯山人が晩年を過ごした北鎌倉の春風萬里荘が移されているとは、そこに辿り着くまで知らなかった。春風萬里荘で迎えてくれたのは一人の老婦人だった。訊《き》かれて福岡からきたというと、彼女も福岡市の生れで、いまはこの記念館をみるかたわら絵も描いているが、亡くなったご主人も画家だったという。他に客もなかったので、お茶をご馳走になりながら土地のこと、絵のこと、魯山人のことなど、話は尽きなかった。そして陽も傾くころ彼女が知り合いの宿に電話してくれたのだった。

その宿は再び鉄道を越して町に戻った、笠間駅に近い旅籠《はたご》屋風の旅館だった。もし東京に引き返していたとすれば、お決まりのビジネスホテルをねぐらにして、新橋辺りの路地裏をうろついたであろうから、雲泥の差である。はじめての土地に迷い込んで独り旅籠屋風の一室で飲む酒こそ、まさに二人のカミサマのお陰だった。こういう酒はこれまでになかったのではないか、と少々おかしな一日を振り返りながら自画自賛の酒になった。

魯山人の旧居には主人愛用の日用品や陶芸作品をはじめ、自ら手を加えたという陶器の便器まで、故人を偲ばせる品々に直《じか》に接することができて、思いもひとしおだった。

また笠間日動美術館もユニークだった。最初の部屋は全ての壁面が二百人ほどの画家のパレットで埋まっていた。作品同様、いやそれ以上に絵具まみれのパレットからは画家の個性が見てとれて、新発見だった。さらに進むと自画像だけのコーナーがあって、そこでもまた画家の内面が窺《うかが》えて面白かった。藤田嗣治の母子像もよかった。ああいう絵は一、二点で充分だ…。山下りんのイコンもはじめてだったが、ロシアでイコンを描いて名を馳せた彼女が、笠間の出身とは知らなかった。イコンも見ていると感じるものがある。無神論を自認したとしても傲慢とは限らなくて、敬虔な気持は神仏を抜きにしても持てるのではないか…。独りぼそぼそ呟きながら二本目のお銚子を振ってみた。

ちょうどそのときお銚子の具合を気遣って顔を出した女将《おかみ》を相手に、この旅館を紹介された経緯などを話していると、また春風萬里荘での老婦人との会話が甦ってきた。

「芸術には憧れますが、はかないものですよ」

「美しいものにははかなさを感じ、はかないものをいとおしむ。人間だからでしょうね。実用とは別の次元で美しいものに憧れる。それを創ることに生涯をかけるのですから…」

「そういうお話を聞くと主人も喜んだでしょうけどね…」

美しいものに心を動かされる。それは儚《はかな》いもの、つまり捗《はか》のいかないもの、実用には不向きなもの、しかし人間がいつまでもいとおしみ続けるものかも知れない。すると午前中はそれと正反対の世界にいたわけである。コマが刀の刃を渡る曲芸を難なくこなすロボットや、半導体技術など、現代の科学技術の成果と未来像を目《ま》のあたりにした半日だった。それはいま世界中が目指していることでもあり、捗がいく、すなわち効率化、実用化最優先の姿である…、と思いは巡るばかりだったが、いい酔い心地だった。そして翌朝、折りから降りだした小雨の中を宿の若女将が駅まで傘を貸してくれたのだった。いい雨だった。


つくば博覧会から十年あまりが過ぎていた。某年某月某日、フランス生れの世界的ピアニスト、エレーヌ・グリモーを聴いた。彼女はまたオオカミ保護センターを自ら設立したほどのオオカミの研究家でもあるが、彼女の「人間とオオカミの違いはテクノロジーではありません。芸術です」という言葉に、遠くなった笠間の酒を思い出したのだった。

COSTA DEL SOL

GOGH MUSEUM

二十一　国酒

その店には三色旗が立っていた。フランスの国旗が何の違和感もなく、むしろ街の景観に溶け込んでいた。フランス料理やイタリア料理の店先に母国の国旗がはためいている光景はよく見かけるが、日の丸を掲げた日本料理店をまだ見たことがない。戦後半世紀を過ぎてなお、かつての軍国主義を連想させるというのだろうか。自由、平等、博愛を謳ったフランスの国旗とはうらはらに、引け目を感ずる何かがあるのだろうか。あるいは、たんにデザインだけの問題だろうか。前々から漠然とではあるが気になっていた。

もしデザインに原因があるとすれば、白地に太陽を染め抜いた日の丸は、実にすっきりした構図、配色だと思うのだが、どこか美的要素に欠けるところがあって、店頭の装飾には向かないのだろうか。絵にならないのだろうか。そうかも知れない。フランスにはフランスの国旗を描き込んだ絵はいくらでもある。カンバス一面を何百本もの三色旗で埋め尽くした、モネの『サン・ドニ街、1878年6月30日の祭』はその代表的な一枚かも知れない。しかし日の丸がカンバスに彩りを添えているといった絵を思い出せない。

旗だけではない。学校で歌う君が代を日教組が問題にしはじめたころだった。ちょっとした経緯から某新聞社の社員を煩わせて、アメリカやフランス、中国や当時のソ連、そのほか主だった国の国歌を集めてもらったことがあった。ところが資本主義圏、社会主義圏を問わずその歌詞には「寄せくる敵を打破り…」といった類の軍歌さながらの文句が随所に見られて、日本との落差を思い知らされた記憶がある。

はじめてワインを飲んだのはいつだったか、あるいはどこだったたか、覚えているはずもない。しかしこの葡萄から造った異国の味を知って、やがて長年これに親しむに至った出発点となったのも、やはり三色旗の店だった。それにしても国旗、国歌、国技、国税…等々、国のつく言葉は多いが、国酒がないのはなぜだろうか。

某年某月某日。日曜日の昼下がり、たまたま客がとぎれたところで、三色旗の店の主人とウェイティング・ルームでコーヒーを飲んでいた。しばらくして気がつくと、少し離れたオブジェの向うに見え隠れしていたのは、外国の女性だった。

「きれいなお嬢さんですね」

店の主人に向かって、つい言葉を発した。そして次の瞬間、不意に一撃をくらったときのように飛び上がらんばかりに驚いた。と同時に胸をなでおろした。

「きれいなお嬢さんなんて、うれしいわ」

と日本語が返ってきたのだ。当時は外国人に日本語は分からないと思っていたのだが、彼女は分かっていたのだ。先ほどの一言が一応は褒め言葉でよかった、と冷汗ものだった。

しかし彼女は、すでに結婚もして子供もいるフランス人で、Eといった。店の主人によれば、フランスではある年齢に達すると、女性にはマドモアゼルではなく、マダムのほうがエチケットにかなうというのである。するとあの「お嬢さん」は百パーセントうれしいものではなかったかも知れない。しかしマダムEは日本流に解釈してくれたのだろう。

おかしなスリリングな出会いではあったが、大学でフランス語の講師をしているマダムEと知り合いになったのだから幸運だった。外国の人が身近かに感じられた。

ある野外パーティーでは、ワインのコルクをバーベキューの火で焦がして、その炭で相手の顔に口髭などを描き合い、仮面舞踏会気どりで踊ったりもした。もちろん夫君も子供たちも一緒だったが、適度にワインも手伝って、青空のもとで彼ら流の遊びに興じたのだった。こうしたことがあって何となくフランスへの関心も高まっていった。

何年かが過ぎた。マダムＥは夫君の転勤でフランスに帰ることになった。例の三色旗の店に十人ほどの仲間が集まって夫妻を送った。フルートグラスの底から立ち上ぼる、あのシャンパンの細かい泡のはじける音が、名残を惜しむかのようにいつまでも尾を引いた。

某年某月某日。パリに着いてから四、五日が過ぎていた。送別会の折りにもらったメモを頼りに、パリ郊外のマダムＥに電話をしてみると、運よく彼女本人が出た。

「懐かしいわね。何年ぶりかしら…」

覚えていてくれたのだ。夫君のことに触れると、離婚したという。しかしその声は明るかった。来日したときの二人も、それぞれが子供を連れての再婚だったのだ。

後日『フランス家庭事情』*という本で、いまそれが普通のフランス人の生活スタイルだという現実を知ったが、これが日本に上陸する日がくるだろうか。彼らの体内には、目に見える旗や歌やワインからだけでは解らない、何かが奥に深く潜んでいるようである。

＊浅野素女著『フランス家庭事情』（岩波新書）

二十二　歌酒

パリ発祥の地であるシテ島、その北端をセーヌの両岸から一直線に結ぶパリ最古の橋ポン・ヌフを渡ると、そこにドーフィヌ広場がある。白い石と煉瓦の壁、スレート葺きの高い建物に囲まれて、三角形の古典様式を今にとどめる代表的な広場である。

某年某月某日。夜のドーフィヌ広場に人影はなく、折りから葉を落したマロニエの梢に真冬の星が架かっていた。その由緒ある広場に面したレストランで、こともあろうに歌を歌うという羽目になったのである。十数人の夕食会でワインも入ってのことだった。

花束を抱きしめて　君は夢を見ていた

花嫁の手をとって　僕は聞いていた
胸に高鳴る　この喜びを
告げているような　あの鐘の音
それはある日曜日　忘られぬ朝のこと
二人だけの楽しい　愛の記念日

もっともそのレストランというのが、九州出身のH氏夫妻の営む家庭的なフランス料理の店で、また他に客もなかったので、歌うことも許されたというわけである。

そしてまたこのグループが、かつてスイスやフランスで十年あまり研鑽を積み、帰国して九州にフランス料理店を開いたY氏の呼びかけで、レストラン関係者を中心に集った半ば内輪感覚の顔見知りどうしだったので、またそこに、たまたまY氏の結婚記念日が重なったとあって、当の本人から曲目まで指定されたのでは断る術《すべ》もなかったのである。

ところで歌った本人は、この歌をいつどこで覚えたのやら、まったく思い出せない。人に教わったり、また楽譜を買ったりした覚えもない。オリジナルは『サム・サンデー・モーニング』という外国の歌ではないかと思うのだが、多分ラジオか何かで聴いて、何となくメロディと歌詞の断片を思い出しながら自己流に歌ってきたようである。しかし、それがY氏の記憶に残っていたとは、これもワインの仕業だったかも知れない。

さまざまな出会いやハプニングも旅の一興とはいえ、歌って帰ったその夜、ほろ酔い機嫌でホテルの部屋に入ると、テーブルの上にシャンパンが冷えていた。メッセージが添えてあるがそのフランス語が解らない。しかしサインに目を凝らすと、どうやらレイモンド・フェールと読める。それなら聞き覚えがある。日本でも人気のポール・モーリアと並ぶフランスのミュージシャンである。ともあれY氏を呼ぶと、まさしくレイモンド・フェール氏からY氏へのプレゼントだった。Y氏と名前が似ているところからボーイが部屋を間違えたのだろう。お陰でおこぼれにあずかることになった。

当然といえば当然であるが、この旅でY氏の存在は大きかった。翌日の夜はミシュランの星の数が保証する、いわゆる高級レストランだったが、Y氏の計らいでリラックスして食事を楽しむことができた。店内でスナップも撮った。ギャルソンも気さくに一緒に入ったり、シャッターを押してくれたりもしたが、カメラを構えてギャルソンの発した言葉が、

「フロマージュ！」

チーズでなければ意味がないのに、あえて同じ意味のフランス語でフロマージュとは、一瞬呆気にとられたが、とたんに全員が笑った。笑ったのだからチーズと同じ効果があったというわけである。さすがである。パリの高級レストランが身近かに感じられた。

某年某月某日。Y氏の店で何かのパーティーがあって、帰ろうとするとY氏が、まだ早いから少し飲んでいかないかという。これまでにもそういうことがあったので、ついその気になった。そして他愛ない話を肴にマールなどをちびちびやっていると、どういう成り行きからだったか急にY氏が、例によって親しげに、しかし執拗に迫ってきた。

「ねぇ、あの歌、ちょっとやってよ。頼むよ。ねぇ」

「こんなとき、ムッシュ一人を相手に歌ったって、歌い甲斐がないよ」

だがそこで引き下がるY氏ではない。厨房から事務所から、居合わせた六、七人のスタッフ全員を呼び集めてきた。そして彼らに例の歌を教えてくれというのだった。

そして一ケ月ほどが過ぎた。Y氏の店を訪ねると、厨房のスタッフ数人がテーブルのカップルを囲んで、あの歌を歌っているではないか。さらに意外だったのは、厨房着の揃いの白のシルエットが彼らの歌声を引き立てているのだった。そしてさらに、この歌の演出にすでに数人のご婦人が涙を流したというのである。すぐには信じられなかったが、あらためて歌の効用と、それ以上にY氏の商才にシャッポを脱いだ。してやられた。

二十三　流酒

一年の計は元旦にありというが、元旦からまだ間もないというのに、たとえ悪友の誘いとはいえ慌ただしくパリまでやってこようとは、計などあったものではない。もっともこうした行動は計のうちに入らないのかも知れない。しかし一般の生活者にとって、この種の遠出が日常的なものではないこともたしかである。こうしてみると日々の暮らしのなかで、自分のことでありながら、自分の行動をどれだけ自分で決めているのだろうか。いささか心もとない気もするが、だから気楽にやっていけるのかも知れない。

某年某月某日。ともあれこうしてパリまでやってきて、そこでJ画伯に紹介され、そのままモンマルトルのアトリエに案内されたのだから、まったく予期していなかったこととはいえ、人任せの僥倖というほかはなかった。

モンマルトルといえばパリにあって絵画のメッカである。百年以上も前に建てられたという、見るからにどっしりした石造りのアパルトマンは、どことなく風格を漂わせて静かにこの街に溶け込んでいた。その北面にアトリエはあった。五、六階を吹き抜けにして北壁の大半にガラスが嵌《は》められている。このガラスをとおして、厚い雲に覆われた灰色の空から漏れる冬の光が、アトリエじゅうをどこも同じように柔らかく包んでいた。

この吹き抜けの高い天井とガラスの壁は光を採るために違いない。しかしそれだけではなさそうである。人間を解放してくれる。発想を自由にして創造的な空間をつくっているのかも知れない。はじめてのアトリエでしばし呆然と立ちつくした。

「葡萄酒でもどうですか」

ワインではなくて、J画伯の「ブドウシュ」という語感がむしろ新鮮だった。そして、一瞬ベル・エポックなどという言葉が理由もなく頭をかすめたりしたが、やがて冷たい白ワインが徐々に気持を落ち着かせてくれた。

正面のイーゼルには、百号ぐらいのカンバスにところどころ絵具の染《し》みた白い布が掛かっている。布の下にはどんな絵があるのだろうか。周囲の壁や棚には、何十枚もの大小とりどりのカンバスが立て掛けられたり積まれたりしている。表に見える何枚かは、パリの街並や地中海沿いの風景のようであるが、重なって見えない絵が気になった。またアトリエの二階の壁や廊下には、比較的小さい静物や風景が二〜三十枚並んでいた。

「赤もどうぞ、ゆっくりなさって下さいね」

チーズや生ハムやオリーブなどをあしらったスマートなオードブルと並んで、赤ワインのコルクが抜かれていた。J夫人の心遣いに恐縮した。微かに絵具の匂いを感じながら、絵に囲まれてワイングラスを手にしていると、これまでのワインが、あれは日本流で日本酒代わりのワインではなかったか、と思えてきた。しかし今日のワインは違う。食事のためでも味わうためでも酔うためでもない。時間と空間を満喫するためのようである。

はたしてその日の訪問者が、それぞれ何をどう満喫したか知る由もなかったが、J画伯ご夫妻のもてなしに甘んじて、それぞれワイングラスを片手に、椅子にかけたり立ち上がったり歩き回ったり、また辺りを見まわしたり喋ったり、気ままに振る舞いながらも絵のある雰囲気に誰もが酔っていた。

そうしたなかでJ夫人と話していると、ミシェル・モルガンという名前が出た。彼女がこの同じアパルトマンに住んでいて、J夫人はコメディ・フランセーズなどに一緒に行くこともあるという。ミシェル・モルガンといえば世界的大女優である。五十年あまり前に観た

『落ちた偶像』という映画を思い出した。ストーリーは忘れてしまったが葡萄を食べるシーンがあって、彼女が種も皮も出さなかったので、フランス人は種も皮も食べるのだろうか、これがフランス流なのか、と思ったことを覚えている。

フランス流といえば、冬の街角のカフェ・テラスに、ぽつんと老紳士の姿があった。山高帽と赤いマフラーが印象的だったが、オーバーに身を包み、テーブルのグラスには泡の消えたビールが半分ほど残っている。皮の手袋をした手に何やら分厚い本を開き、じっと目を凝らしている。これがパリの紳士にとって読書に適した空間なのだろうか、フランス流なのだろうか、暖かい場所もあるというのに、と人ごとながら案じられた。

一方カフェやブラッスリーの室内となると、その街の事情にもよるのかテーブルとテーブルの間が極めて狭い。ことにフランスはカップルの国といわれるが、そこでは隣の席など一切気にせず、二人だけの会話に没入している。残念ながら言葉は解らないが、内容はおおよそ見当がつく。そんな場面にたびたび出くわすと、どうもこの国では紳士淑女がオスとメス、カップルがツガイに見えてくる。それもフランス流なのだろうか。あるいは旅先での下衆《げす》の感傷的な邪推だったのだろうか。

二十四　白酒

某年某月某日。暮れなずむエーゲ海の空は高く、ミコノス島の海岸に軒を連ねて波止場へと続くタベルナのテラスには、人影も疎《まば》らだった。

「ウゾを飲んでみますか、すっきりしますよ」

J氏の選択に異存はない。一も二もなく同意した。そしてウゾという酒をはじめて知ったのだった。しかしウゾだけではない。エーゲ海もはじめてだった。

J氏には度々スケッチ先から季節の便りなどをいただいたが、なかでもエーゲ海の島々をめぐる風景には、空と海のどこまでも青い青と、ひしめく石の建造物の白とが強烈な対比をみせ、またそれが不思議に調和して一種の戸惑いさえ覚えた。以来その印象の褪せることはなかったが、そこに降って湧いたようなJ氏からの誘いである。この機会を逃してはと、ここでも一も二もなくその気になったのだった。そしてこのウゾである。

やがて立派な口髭をたくわえた縞のシャツの男が運んできたのは、透明な液体が六分ほど入った二つのグラスと、氷と水だった。グラスに氷を落とすとその周りに白いもやもやが揺れた。さらに水を注ぐといよいよ全体が白濁した。

「これ、ペルノに似てますね、白くなるところが…、匂いもよく似てますね」

「さっぱりしますよ、私も久し振りです」

それが渇いた喉に一気に流し込むビールのような酒でないことは、見ただけで分かったが慌てずに口に含むと、最初の出会いを嗅覚が記憶せずにはおかないあのアニス特有の香りと、苦さと甘さの混じり合ったこの白い液体には、冷たさも加わって名状し難い清涼感があった。エーゲ海の太陽に一日じゅう干された体にウゾは滲みた。だがこの酒は味といい香りといい、また見た目といい、ペルノとどこが違うのだろうか。しかしたとえ違わないとしても、やはりウゾはギリシャの乾いた太陽の下で、フランス生れのペルノは夜更けのバーでこそ、それぞれが所を得て発光するのかも知れない。

「そうですね、ペルノと同じみたいですね。でも、いいですね」

J氏は酒を語ってうるさくはなかった。またいわゆる酒飲みでもなかったが、かといって酒が嫌いとも思えなかった。食卓では必ず、アペリチーフは何にしますかなどと周りに声をかけていた。しかし、けっして一気に飲み干すようなことはなく、いつも時間をかけて味わっているようであった。パリに根を下ろして画業三十年というキャリアがそうさせたのだろうか。あるいはもって生まれたものかも知れないが、いずれにせよこういうスタイルは酒との好ましい付き合い方のお手本ではあるまいか。

ウゾもエーゲ海もはじめてだったが、サングラスもまたはじめてだった。周囲の助言もあって、これまでまったく関心のなかったサングラスを今回は用意したのだった。

その日は朝からデロス島に渡った。島じゅうが遺跡である。緑もない日陰もない石の廃墟のなかを半日歩いた。帰りの船は正午に出たが、ミコノス島へ向かう真昼の船上は、往路と一変して観光客の多くは甲板に腰を下ろし、どこか気怠《けだる》そうな光景を呈していた。しかし若い人は逞しい。正面のベンチで数人の女性が一斉に上着をとった。そしてショートパンツも。ビキニ美人へ変身の一部始終を間近に直視して、サングラスの効用は遮光のみに非ずとはじめて知った。うかつにも遅きに失したとはいえ、四十分の船旅はあまりにも短かかった。こうした一日を振り返りながらJ氏と飲むウゾに屈託はなかった。

二十歳《はたち》を過ぎて半世紀、いろいろな酒にも出会ってきたが、最初の出会いを思い出せるのはこのウゾと、ウゾに似たペルノ、ドイツのシュナップス、イタリアのグラッパーといったところだろうか。それ以外はいつどこで最初に飲んだかなど覚えていない。

ペルノは二人の子供がまだ高校生のころだった。F市のこじんまりしたフランス料理店に出かけた。食前酒にシェリーを頼むと、オーナーでもあるシェフのU氏が、それを無視して薦めたのがペルノだった。白濁するさまも面白かったが、子供たちにも香りを嗅がせると、薬品のような匂いだとか、殺虫剤のようだとか、訝《いぶ》かしげに顔を背《そむ》けた。しかしそれが必ずしも的はずれとは思えなかった。その日の食の進み具合がどうであったか覚えていないが、シェリーとは似ても似つかぬペルノという酒の印象だけは強く残った。

その後ペルノを食前酒として飲んだことはない。しかしあまり知られていないリキュールだけに、面白半分にカクテル・バーなどでたまに飲んだ。すると不思議なことに、すっきりして美味しい、とペルノの強烈な個性を楽しむのは決まって女性で、しかもほどほどにお年を重ねたご婦人に共通のようであった。もっともデータ不足は否めないが…。

二十五　西酒

ファースト・フーズが世界を席巻するなかで、いまスロー・フーズが提唱され、静かな拡がりをみせている。「餌」に甘んずることなく「食事」を見直そうというのだろう。だがその両者をうまく組み合わせてやってゆくなら、そのほうがより現実的かも知れない。働き蜂の状態では餌、人間に戻れば食事というわけである。しかしいずれにしても、その土地でその土地のものを食べるなら、また飲むなら、少なくともファースト・フーズの心配はなくなるだろう。だからスペインでは、もっぱら地酒のシェリーを飲むことにした。そして肴もまた本場の生ハムとイワシの酢漬と決めていた。

シェリーといえば食前酒として広く知られているが、たしかによく冷えたドライ・シェリーは食欲をそそる。しかし、あたまから食前と決めつけることはなくて、食中も、食後も、また和、洋、中のどんな料理にもよく合って、だいいち料理の邪魔をしない。料理の合間、またハシゴ酒のスタートなどに飲んでみると、口が洗われて次の料理なり酒が新鮮味を増す。こういう酒は他にないのではないか、とかねがね思ってきた。

だがこのシェリーには色々な種類がある。ドライ・シェリーはフィノ、これをさらに熟成させたアモンティリャード、それよりもっと芳しいオロロソ、そして、もっぱら食後酒として愛飲されるクリーム・シェリーはクレアムと呼ばれ、それぞれに固有の味わいがある。はじめてシェリーを知ったころ、さっぱりした辛口のフィノと甘くてとろりとしたクレアムが、同じシェリーの仲間とは思えなかった。余談だがシェリーは英語である。スペインでは生産地の地名に因んでヘレスと呼ばれている。

こういう話をしていると、R氏もスペインの旅を思い出したのだろう。

「そういえば、あちらのバルでも、先生から聞いていたのでシェリーを飲みましたよ。バルには日本の居酒屋と一味違った生活感があって…、でも生ハムは美味しかったね」

「とうとう先生ですか。しかし先生といわれるほどの…、というからね。いわれついでにいうと、あの生ハムが旨いのはスペインのブタが蛇を喰うからだって」

「先生のことだから、でまかせとはいわないけど、ほんとうかね。知らなかったな」

「そうそう、あちらの田舎に行ったときも、なだらかな野っ原に点々と広葉樹の茂った林があって、そこで放し飼いのブタをよく見かけたので同じ話をしたんですよ。みんな怪訝《けげん》そうな顔していたけど、でもRさん、これはほんとうらしいですよ」

スペインのブタがドングリを喰うという話は現地の日本人からも聞いたが、そのドングリというのはハシバミやコルクガシの実のことである。現にスペインでは、これがブタの優れた飼料とされ、とくにハシバミはそのために栽培されているという。またそうした林にブタを放しておくと、ブタは木の実だけでなく、そこに棲む蛇も一緒に喰ってしまうので、これが良質の肉をつくるというのである。なかでも評価の高いエストレマドゥーラ地方のハムの味は、猪豚《いのぶた》に似たイベリア種のブタとその餌の蛇に秘密があるという。

この話は以前に読んだ『ドン・キホーテの食卓』*という本にあったのだが、これが妙に頭の隅に残っていて、このことを明かすとR氏も納得したようであった。

「本場で放し飼いのブタを見て百聞が裏付けられたというわけですか。それが旅だよね。ところでシェリーの本場ときては、例の食前酒の話もしたんじゃないの」

「お見通しですね。実はP嬢といったかな、一人なかなか話せる女性がいましてね。互いにシェリーも入っていたので、ついつい、また披露してしまいましたよ」

例の話というのは、同伴のご婦人に食前酒を勧めて、そこでもしも、私クリーム・シェリーをいただきますわ、と返ってきたとすれば、今夜は全てをお任せしますという意味があるというのである。P嬢も面白がってシェリーも進んだ。

「しかし私がクリーム・シェリー…、と答えたとしても、分かる男性がいるかしら」

「そうですか、それでは男性も損をしますね。予め教えておく手もありますよ」

「そうね、下心のある男性だと面白いかも知れないわね」

「なるほどね、下心とユーモアとちょっとした知的欲求、どこかで繋がってるかも知れませんね。しかしクリーム・シェリー…、といいたい相手はいわれても分からない、分かったところで仕方のない年寄は分かる。どうもうまくいかないものですね」


R氏とは別々にスペインを旅したのだったが、飲み食いの話もさることながら、ベラスケスやゴヤ、ガウディ、ピカソ、カザルス…等々、数え切れないスペインの鬼才たちについても本音を吐露して共感するところがあった。これもまた旅の醍醐味である。

＊荻内勝之著『ドン・キホーテの食卓』（新潮選書）

二十六　地酒

犬も歩けば棒にあたるとでもいおうか、しかしこの諺は、出歩けば思いがけない良いことがあるという喩《たと》えのほかにも、でしゃばると酷い目にあうという逆の意味にも使われるので気をつけなければならないが、ともかくその日はデパートで時間を潰していると、図らずも魚を象《かたど》ったカジュアルなネクタイピンが目に留まった。好みにもよるだろうがタイやヒラメは少々幅が広すぎる。やや細目のスズキとニジマスが気に入ったので、その二つを買って、スズキのほうは旧知の鈴木氏に送った。しかし受けとった側が面白がってくれるか、逆に魚と一緒にするなと不愉快に思うか、そこまでは考えてもみなかった。

某年某月某日。旧友どうし数人が連れだって、小田原と熱海のちょうど中間に突き出した真鶴岬を歩いたことがあった。漁港の周辺に点在する魚料理の店に入ると、昼には少し早かったのか畳の大広間は閑散としていたが、一人いそいそと立ち働く女将《おかみ》のエプロン姿に迎えられて、わけもなく寛いだ気分になった。旅を感じたのかも知れない。午後の予定もあるが先ずはビールを頼むと、女将はグラスを並べながらも愛想を忘れなかった。

「お客さんたち、どちらからですか。あら、お魚のタイピン、可愛いわね」

「ちょっと離れた漁村からです。これがその漁協のタイピンなんです」

旅の恥はかき捨てというわけにはいかない。礼を失してはならないが、女将が顔を見せるたびに、冗談も交えて断片的な四方山話が続いた。そして箸も進んだころだった。

「これ、漁協のお仲間どうし、ほんの気持ですけど」

それは小皿に盛ったキビナゴの刺身だった。一見《いちげん》の客の冗談と分かりきっていながら、この女将の機転には一本取られた。しかし何よりのご馳走だった。またキビナゴといえば鹿児島とばかり思っていたのだが、まさに井の中の蛙《かわず》…、というほかはなかった。


某年某月某日。真鶴で味を占めて同じことをオランダでもやってみた。L夫人とは十数年ぶりの再会だったが、その日は夕方から、地元の人で賑わう港に近い居酒屋風のカフェに案内されて、ニシンの酢漬けなどを肴に土地の酒であるジェネバー、すなわちジンをその本場で飲んだ。そこでL夫人に例のネクタイピンの話をすると、面白いやってみましょう、と、店の主人に「この人は日本の漁師で、このタイピンがそのしるしなのよ」とでもいったのだろうか、なんと親爺さんがニシンを一切れ差し出すではないか。

「ダッチアカウントなどといって、オランダ人をケチの見本のようにいいますが、そんなことはありませんね。どこでも同じですね」

「昔から質素といわれて、よくお隣のベルギーと比べられますけどね、プロテスタントとカトリックという宗教の違いもあるし、こういうことは簡単には済まされないわね」

「そうですね。何かちょっとした特徴を捉えて、面白がったりするんでしょうね」

「ヨーロッパの人って、酒の肴に相手の国の悪口をいったりして遊んでるのよね。国が隣り合ってるせいかしら。オランダ人がケチなら、フランス人はエッチ、イタリア人はいい加減、ドイツ人はユーモアが解らない、イギリス人は味音痴なんてね」

L夫人がよく口にする「うちの亭主」はもちろんオランダ人で、いまでは退職しているが、以前は日本への生花の輸出や、港湾の防潮対策のコンサルタントなどをしていた。どちらも典型的なオランダならではのビジネスである。その日も、観光スポットでもある世界最大の生花市場アルスメールの話から、かつてのゾイデル海に大堤防を築いて現在のワッデン海とアイセル湖に仕切った話、フランドル絵画の話などへと移っていった。

二十世紀の初め、ゾイデル海に面したアムステルダムは、北海からの高潮で大被害を被った。そこでオランダ政府はゾイデル海の入口を堤防で塞ぐ計画を立てた。しかしその場合、潮の上げ下げによって周辺の潮位がどう変わるか、その如何によっては防潮対策が大きく左右される。この問題を検討するために国は委員会を設けたが、その委員長に起用されたのが、なんとアインシュタインの相対性理論の先駆をなした、世界的大物理学者のH・A・ローレンツだった。そして八年にわたる理論的な考察と実験と観測に基づいて工事にかかり、五年を経て完成したが、大成功をおさめて現在に至っている。

かつて朝永振一郎の著書*でこのことを知って大いに興味を覚えたので、L夫人との話にも熱がこもった。こういう問題をあくまで科学的に究明する方針を採用した当時のオランダの政治家の識見たるや天晴である。そしてまた言及したくなるのは、半世紀を経てなお泥沼の諫早湾埋立て問題である。これに関わった政治家をはじめ関係者の名前を記念碑に残してはどうだろうか。五十年百年先、はたして彼らがどう評価されるだろうか…。

＊朝永振一郎著『科学者の自由な楽園』（岩波文庫）

二十七　呆酒

某年某月某日。世界にその名を知らない人のない「パリ」という街に、はじめて行ったときのことである。ノートルダム寺院の表の広場から裏の方へ向っていると、四、五人連れの中年の日本人女性に「日本のガイドの方ですか」と呼び止められた。代わり映えのしないレインコートの襟を立て、ショルダーバッグを小脇に抱えて一人で少し急いでいたのだが、それがガイドに見えたのだろうか。それにしても観光客で賑わうパリの街角で、いささか心もとない思いをしていたというのに、意外な声をかけられてまんざらでもない気になったのだから、田舎者の見栄っ張り的心理現象とでもいうのだろうか。

寺院の裏庭に出ると、折りから黄ばみはじめた楡《にれ》の葉が頭上を覆い、午後の日差しのなかで風に揺れていた。そのとき妙案が浮かんだ。楡はエルムである。なるべく大きくて美しい楡の葉を五、六枚、枝に手を延ばして摘み取ると本に挟んで押し葉にした。帰国して少し乾《から》びた楡の葉を『エルム』というカフェのマダムに渡すと、彼女は掌《てのひら》で弄《もてあそ》んでいたが、運び代がかかってるのね、といって笑った。それだけだった。

どうみても妙案などといえたものではなかったかも知れない。しかし若いころは臆面もなくこうしたバカげたことをしたものである。もっとも程度にもよるだろうが、そうした傾向は誰にでもあって、歳《とし》とともに形を変え、やがて消えてゆくのだろう。

某年某月某日。啄木を真似たわけではないが、U氏にローマ字の葉書を書いた。いうまでもなく啄木の『ローマ字日記』は、近代日本文学の最高峰の一つに数えられ、海外にも熱心な読者をもつというが、妻子を田舎に残して独り本郷の下宿に移り住んだ啄木が、あえてローマ字で日記を綴ったのは、当時の複雑な己の日々をたんに赤裸々に描写する手段としてだけではなく、文学上の一つの実験でもあり、また己をとりまく幾多の社会的抑圧から逃れるという意味もあったというのである。

で、U氏であるが、彼はなかなかの美食家で、専門は原子核物理ながら海外経験も豊富とあって、いまアメリカの西海岸にきているがロブスターが旨いとか、東海岸ではカキを堪能したとか、またあるときは、厚岸《あっけし》のカキは最高だったなどと一見これみよがしのようだが、そこに親しみのこもった便りがしばしば届いた。

そこで今度はパリからお返しをと思ったのだが、住所録を忘れてきては会社宛てにするほかはなかった。しかし遊びの話が周囲の目に留ってはまずい。そして思いついたのがローマ字だった。これなら字面《じづら》を一瞥《いちべつ》しただけでは内容は分かるまい、と得意気にペンを走らせているうちに浮かんだのが、何ともバカバカしい「カキクエバ　カネガナルナリ　ノートルダム」だった。実はパリも二度目からは少し様子が分かってくると、飽きもせず生ガキの店を探しては白ワインを飲んだりした。そしてそれをU氏に伝えたいばかりにローマ字だの、カキクエバだの、何かが少し狂ったのだった。

某年某月某日。たまたま焼き栗の屋台を見つけて、とっさに焼きたてを一袋買った。秋の日の午後だった。真冬の凍てつくような夜更けのパリ、通りすがりの屋台で熱々の焼き栗をオーバーのポケットにしのばせると、指先も暖まって、冷えきった白ワインが…、といった情景を何かで読んだ覚えがあって、一度そうした雰囲気を味わってみたいなどと思っていたのだが、その日は真冬の夜更けでもなければ、そこには冷えた白ワインもなかった。しかし贅沢はいえない。パリの焼き栗に出会っただけで満足だった。

ただそれだけのことだったが、その年のボジョレーヌーボー解禁の日、N氏と新酒の味を云々《うんぬん》しながら何気なく焼き栗の話をすると、N氏が意外に関心を示した。N氏はワインの店を営むフランス通でもあったので、パリを懐かしんでいるかのようにも見えた。

年が改まって立春も過ぎたころだった。デパートの食品売り場でN氏に会ったのは偶然だったが、そこには焼き栗に洒落《しゃれ》たネーミングまでして『新発売…』とあるではないか。

「実はヌーボーの日の、あの話がヒントになりましてね、栗はイタリア産なんですが」

いつもの笑顔で話すN氏に屈託はなく、隣には房状の干しブドウも並んでいた。

「新商品二種ですか。ところで干しブドウは、禁酒法でカリフォルニアではワインが作れなくなったので、仕方なくブドウを放置した末の産物だそうですからね。何が何を生むか分かりませんね。願わくは焼き栗の売上げが上って、おこぼれにあずかりたいものですね」

「そうですね。でもなかなか配当をお渡しできるまでにはね…、まだまだですね」

二人で顔を見合わせて笑った。それだけだった。

二十八　遇酒

　某年某月某日。『大切な人と飲むなら、こんな酒、こんな店』という一冊の新刊書が届いた。それは東京都内を中心にその周辺からも選ばれた、レストラン、バー、ショップなど三十店ほどを紹介したものだったが、それより真っ先に気になったのは、送り主のことだった。そしてそれが、銀座で長年ドイツワイン専門のレストランを営むマダムＩと分かって、一瞬不意を突かれた気もしたが、どこかで納得するところもあった。

　そのレストランをはじめて訪ねたのは、何かの会食が終わって銀座の路地裏を方々徘徊した後のことだった。この辺にドイツワインの店があるはずですよ、というと、どうして九州の人に教えられなきゃならないのかね、と相棒のＨ氏に冷やかされたことを覚えている。それでも歩道の脇からビルの壁に沿った階段を降りると、目の前に扉があった。

「遅い時間に済みません。はじめてなんですが…」

「いらっしゃい、いまお客さんも帰られたところで…、だいぶお飲みになりましたの」

一見《いちげん》の客をマダムＩはさらりと迎えてくれた。そして飲み物を尋《き》かれて、リープフラウミルヒにでもしますか、と答えると、それが話の糸口にもなった。

「ドイツワインをお飲みになるんですね。ドイツもビールだけではありませんからね」

「石造りの地下ですか、酒蔵のようで落ち着きますね。また外の階段を降りる雰囲気がいいですね。異次元に誘い込まれるようで…、あやしいときめきを感じさせて」

「あの階段が…、ですか。気にしたこともありませんでしたよ。まして階段で殿方を惑わそうなんて。お客さんに何か下心でも…、じゃなくてロマンティストかな」

「そうですよ、こうして酒蔵に迷い込む男なんて皆ロマンティストですよ」

マダムＩにもリープフラウミルヒを勧めて、三人で淡い緑色のグラスを上げた。

「ところで入口の壁の絵、あれは裸のディオニソスですか、白壁の佇《たたず》まいもギリシャ風ですし。でも古代ギリシャの絵や彫刻は、アルカイク時代なども、男は全て一糸まとわぬ素っ裸なのに、女のほうは全身を衣で覆っているんですよね。いまと逆なんですよね」

「始まりましたね、早速ギリシャ文明論ですか」

またもH氏に冷やかされながらも、ギリシャのカミサマは人間より人間臭いだの、ソクラテスやプラトンといった先哲の飲みっぷりには呆れるだのと、メートルの上がった酔客どもの饒舌も、マダムIは聞き流してはいなかった。ときおり相槌も打った。

「あの人たちの飲んだのもワインだったのよね。そこからギリシャ文明が生れて、それが世界中に拡がって現在に至ったとはね、よほどの天才が集まってたんでしょうね」

「ワインが天才を生んだのか、天才がワインを好んだのか…、それが問題ですな」

H氏もまた軽妙だった。こうしたことがあって、それからマダムIの店を訪ねるようになったのだった。もっとも店の名前だけは九州の知人から聞いていたのだが。


某年某月某日。季節も変るとビルの壁も石の階段も冷たい雨に濡れていた。

「あら、お二人お揃いで…。この前はいつだったかしら」

「マダム、外の階段はあれ以来だけど、やはり眩暈《めまい》を誘うね。何やら兆しを感じて…」

「眩暈ね、遊びの範疇ですからね。Hさん今夜は眩暈に身をまかせますか」

「たまには息抜きによろしいんじゃありませんか。今夜は静かですし、トロッケンベーレンアウスレーゼにでも仕上げをまかせて…。私もご相伴にあずかりたいわ」

マダムIに勧められてその気になって、先ずは糖度の低い爽やかなカビネットからスタートすると、筋書きどおり最後は甘い甘いワインに酔った。いうまでもなくドイツワインは、その成熟の度合つまり糖度によって、低い方からカビネット、シュペートレーゼ、アウスレーゼ、ベーレンアウスレーゼ、トロッケンベーレンアウスレーゼ、さらにはアイスヴァインに分けられるが、この種の貴腐ワインには「王様のワイン、ワインの王様」と賛美されたハンガリーのトカイワインなどもあって、かつてH氏は、そのトカイワインを本場のハンガリーで飲んだというのである。こうなると話題には事欠かなかった。

マダムIを交えて話は止《とど》まるところを知らなかったが、少し離れた壁際に、ふと立ち机が目に留まった。マダムIによれば、彼女がドイツのワイン・アカデミーで学んでいたころに出会って、気に入ったので帰国してから方々探し歩いて求めたというのである。

「そういえば、ゲーテも立ち机を愛用していたそうですね。『ファウスト』も立って書いたんでしょうね。すぐ座りたがる若者は役に立たない、ともいってたそうですから」

「そのとおりですよ。いまの若い人に聞かしてやりたいわね」

話は拡散するばかりだったが、混血が文明を生むというが、ワインが混血を生むのでは…などと、でまかせな新説まで飛び出す始末だった。ワインも何を生むか分からない。

二十九　訓酒

某年某月某日。某フレンチ・レストランで。

G氏は某有名会社の地位も人望もある紳士だった。G氏とはよくこのレストランで食事もしたが、店主のM氏も交えてワインも飲んだ。この日も食事が一とおり終わると、ワインもいい加減に空いたのを承知のうえで、M氏が食後酒にマールをもってきた。

「いつものマールですか。これ強いですね。でもマールとグラッパは、色は違っても味も香りもよく似てますね。どちらもブドウの搾り滓《かす》から造るんでしょう」

「そういえば、このあいだクロアチアのラキアという酒が手に入りましてね、これがまたグラッパによく似てるの。ブドウやリンゴの搾り滓から造るらしいんですがね」

「クロアチアのラキアですか、はじめて聞きますね。Mさん、それとっといてくれなかったの。しかしクロアチアといえば、もっと有名なものにファッションがありますよね。ネクタイですよ。パリにきたクロアチアの騎兵隊が首に巻いていたスカーフから、いまのネクタイが世界中に拡がった。だからフランス語でネクタイはクラバットなんでしょう」

「そうですか、ネクタイね。しかし、あれには参ったな…、いやいや参りましたよ」

「どうしたんですか、Gさん、先を聞かせて下さいよ」

「実をいうとね、このまえ、あるクラブのママからネクタイを貰ったのよ」

「Gさんなら方々から貰うでしょう、一本や二本じゃないでしょう」

マールのグラスを弄《もてあそ》びながら、G氏の語るところによれば、そのネクタイの話を奥方にすると、女性がネクタイをプレゼントすることにどんな意味があるか知らないんですか、もしあなたにその気がないのなら、そのネクタイをここで切ってごらんなさい、と鋏を持ってこられては従うほかはなかったというのである。

「もったいないことをしたよ。ねぇ、どう思う」

「そんな話ざらにありませんよ、それほど奥さんはGさんにぞっこんなんですから。若いうちならともかく、いまでも変わらないとは凄いですね、羨ましい限りですよ」

食後のマールから話は思わぬ方向に転じたが、それがまた酒でもある。次回は是非ともラキアを、とM氏に無理な注文を残して店を出た。ゴゼンサマだった。

某年某月某日。深夜の自宅で。

すでにゴゼンサマだった。細君は普段着の洋服姿で玄関を開けた。その日は少々遅かったが、いつものパターンである。

「今日は一人ですか」

これまで時々、何の連絡もせず、夜遅くに電車のなくなった同僚や出張者を連れてきて泊めることもあったので、細君も心得てか、先にやすむことはなかった。

「うん、今日は一人だけど。N屋で皆と飲んでいたんだ。そしたら、あの店にいたアルバイトの娘《こ》、あの娘も帰るというんで、タクシーでそこまで送ってきたんだよ」

そしてソファーにもたれていると、細君が紅茶を入れながら人ごとのようにいった。

「このまえもそういってたわね。帰りが同じ方向だから、それはいいとしても、もしも車が事故にでも合ったらどうします。面倒なことにならないとも限らないわよ」

考えてもみなかったことである。それにしても、いわれてはじめて気づくとは…。それからタクシーは一人と決めた。

某年某月某日。某屋台で。

その屋台では天麩羅に椿油を使っていた。それがオーナーのT氏の拘《こだわ》りだとしても、一見《いちげん》も多い屋台で、その妙味をどれほどの客が見抜いていただろうか。だが余計な心配はさておき、夕暮れどきの灯《あか》りに誘われてT氏を訪ねると、向うから声がかかった。

「このまえの話ですがね、フランス語の『城』が女性名詞というのは、どんな城でも執拗に攻めれば落ちない城はない、というのがオチなんでしょう」

「さすがTさん、身に覚えがあるんでしょう、その手で深窓の佳人を攻め落とした。この美人のマダムをね、攻めた甲斐がありましたね」

この気配に、一瞬、揚げ物の手を止めたマダムが言い放った。

「うちの場合は逆よ、私のほうが攻めたの」

いささか驚いた。たとえ逆であったとしても、受身を気どるのが女性ではあるまいか。それでは女が廃《すた》るとでもいうのだろうか。その後、某ワインバーで会って以来T氏を見かけなくなった。マダムに尋《き》くと、パリの屋台でワインを飲んだって手紙がきてたわよ、と笑っていた。今度こそ彼、パリで城を攻めてるのでは…、といって二人で笑った。

三十　歓酒

某年某月某日。暇な日だった。日暮れ前のジョギングの途中で「コンニチワ」と声をかけられて、振り向くと背中のランドセルが少し大きめの可愛らしい女の子だった。「ナンネンセイ」と尋《き》くと「ニネンセイ」と美しい声が返ってきた。これまでもすれ違いざまに目が合って、大人どうし挨拶を交わすことはあったが、こんなことははじめてだった。

こうして一日が終わると、ほかのことは何もかも、年齢《とし》まで忘れてほのぼのとした気分になる。そして何も考えずにワインの栓を抜いた。細君は所用で家を空けている。独りチーズやオリーブなどを探して気ままにやっていると、あの「コンニチワ」が何か特別なことのように甦ってきて、挨拶ひとつがどうしてこれほど新鮮なのかと、ふだん気にもしなかったことが気になった。だがこの新鮮さは何かに似ている。旅先でのさまざまな出会いに近いかも知れない。そこには童心を呼び覚ます何かがあって、気がつけば大人の日常というものが、アスファルトの一本道のように単調なものだったのかも知れない。

我々が常に初心に戻っているのでなければ生きていることを実感できない、また生きていることにもならない、という意味のことを何かで読んだ覚えがあって、それをいまワインも少々まわったところで思い出したのは、その初心が、あの「コンニチワ」から連想した旅とどこかで繋がったからだろうか。さらに旅といえば、古今東西に旅そのものについてもさることながら、旅を喩《たと》えとして人生を語るに至っては枚挙に暇《いとま》がない。人間にとって旅とは、食べ物にも似て生命力を喚起する大きな力をもつものなのかも知れない。

旅で頭に浮かぶのは、あまりにも有名なモーツァルトの旅である。二十二才のモーツァルトがパリから故郷の父親にあてた手紙には、芸術や学問に携わる者にとってはと前置きをしたうえではあるが「旅をしない人間は惨めな人間です」と残している。* 三十五年十ケ月と九日を生きて、実に十年二ケ月八日間を旅の空で過ごし、その旅のなかから、人類史上に燦然と輝く不朽の名曲を生み続けたのである。その数六二六曲であった。

さて、これも「コンニチワ」からの延長なら、この辺でぴったりくるモーツァルトはピアノ・コンチェルトである。そうと決まればＣＤのモーツァルトと一本のワインのほかには話し相手も要らなくて、これも一つの旅だった。旅をたんに場所的な移動だけと考えてはならないだろう。読書をとおしての知の旅、学問の旅、芸術の旅、歴史の旅、物造りの旅…等々、そうした母体があってこそ、先々も拓けるのではなかろうか。


某年某月某日。某社の社長である旧知のI氏を訪ねると、応接室の正面に掛かっていたのはフェルメールの『真珠の耳飾りの少女』を拡大したコピーだった。やがて現れたI氏にフェルメールが好きなのか尋《き》いてみると、そういうわけでもないが、ハーグで開かれた国際会議に出席した際マウリッツハイス美術館を訪れ、そこで求めたというのである。

「でもこれまで、この絵に関心をもった人はいなかったね。美人だとはいってもね」

「そうですか、一度フェルメールの本物を観たいと思ってるんですがね」

それは本音だった。なぜだか分からない。しかしいつだったか、三十数点といわれるフェルメールの全作品のほとんどを、世界中から母国のオランダに集めるという画期的な作品展が催され、その企画に感心したこと、指をくわえていたことなどを思い出した。


某年某月某日。とうとう本物の『真珠の耳飾りの少女』の前に立った。また同じ部屋の向いの壁には『デルフトの眺望』が掛かっているのだった。これも是非とも観たかった一点である。二つのフェルメールの間をいったりきたり、それこそ穴の開くほど観た。それはＩ氏を訪ねた日から一年とは経っていなかった。思いはかなうものである。

宿に帰ると買ってきたばかりの絵葉書を前にして、迷ったあげく、Ｉ氏には観たということだけを伝えるに止《とど》めた。食事も済んで宿のバーでぼんやりしていると、細君に何か聞かれたが、答を待っているはずもない。だがそのとき赤い色のついたマティーニにやられた頭に浮かんでいたのは、サンマだかイワシの入ったざるを頭に載せ、魚を売る娘の上半身を描いた海老原喜之助の『ポアソニエール』と、ゴヤの『ボルドーのミルク売り娘』だった。フェルメールも含めたこれら三点の女性には、表情も控え目で強い個性は感じられないが、むしろそこにこそ全てが語り尽くされている。殊にあれほど膨大な人物を描いて人間の内面を残酷なまでにえぐり出したスペインの巨人ゴヤが、最後に残した『ミルク売り娘』の清冽さにはほっとさせられる。かつてプラド美術館のゴヤの大作ずくめの一角にそれを見つけて立ち尽くした。また『ポアソニエール』にはじめて会ったのは仙台だったが、それぞれに感慨深い。カウンターのマティーニの色も懐かしい赤に変わっていた。

＊柴田治三郎編訳『モーツァルトの手紙』(岩波文庫)

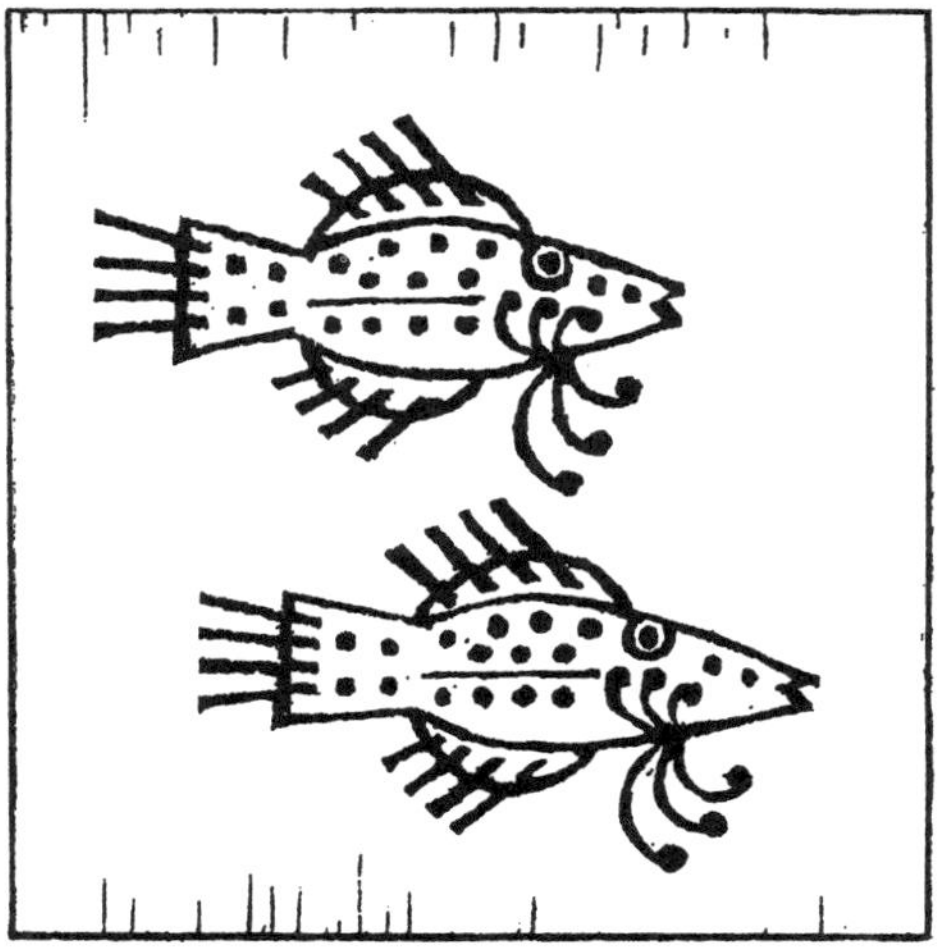

三十一　独酒

拝復　貴兄には頭が下がります　大寒を迎えて寒さも一段と酷《きび》しさを増し　小雪もちらつくという真冬の野外で　毎日　欠かさずスケッチを続けている　誰にでもできることではありません　まして春夏秋冬　何年も続いているのですから

早朝　通い慣れた道を一時間ほど歩くと　お気に入りの里山に着く　そこが貴兄の縄張りであり　固定観測点であり　指定席でもある　早速スケッチブックに風景を移しにかかる

一度その現場に立ち会ってみたいものです　今は手もかじかんで鼻水を垂らしながらとのことですが　貴兄の文面からはどことなく澄んだ静けさが伝わってきました

中川一政が真鶴の隣の漁港　福浦の堤防でスケッチを続けていた頃　その姿が来る日も来

る日も　一日中同じ場所から動かなかったので　漁村の人たちが堤防の灯台と見紛うほどだった　というエピソードを思い出しました　事実　中川一政自身　ダルマは面壁九年というが私の福浦は十三年だった　と述懐しています　しかも彼は　そこで小さなスケッチをしてそれをもとに制作したということはなく　あくまで面壁　その場で仕上げていたというのですから　これも貴兄と同じです

継続は力なりとはよく聞きます　しかしこれは軽々しく口にしたり　また聞き流したりする言葉ではないと改めて思いました　努力を長続きさせる才能は天才です　努力を意志や我慢で長続きさせることはできない　何か努力をさせるもの　長続きをさせるものがなければならない　と中川一政もいっています　貴兄のなかにも必ずや　絵を描かずにはいられないという何かが潜んでいて　それが貴兄の手足を動かしているのでしょう

そのような何かをもたないものは仕方がない　と　それを怠惰の口実にするつもりはありませんが　実は昨夜　一人で遅くまで飲んでしまいました　もっとも最初から一人ではなかったのですが　ある会合の帰りに一人になり　地下鉄まで歩く途中　つい路沿いのバーに足が向いたというわけです　どうしてそのバーだったのか　不思議です

絵を描かずにはいられないという内なる何ものかに似た　飲まずにはいられないという何

かがあるわけではありません　まして　いまさら無分別な行動に己を投げ込もうなどとは思いもよらないことです　しかも　そのバーが馴染みというわけでもなく　二、三年ご無沙汰しているのです　しかし左党ならハシゴの誘惑を知らないものはありません　そのときそのバーの絵がハシゴの言い訳になったようです　そこには何枚かの絵があって　特に名のあるものではなさそうでしたが　なかなかいい　場違いでは　と思ったりしたことがあって　そのことを昨夜そのバーの前にきて思い出したのです　また　客に囲まれて下世話な媚びも演じていたマダムが　席をこちらに移したので　気になっていた壁の絵を褒めると　そういってもらうと嬉しい　と真顔になったことも思い出しました

昨夜は他に客もなかったので　壁の絵を改めることもできたのですが　酔眼朦朧のていでは話題も行きつ戻りつ　定まるところを知りませんでした　しかし一つだけ確かだったのはサイドボードの脇に小さな額が目に留まったので　あれ　あのコーナーに合いますね　熊谷守一じゃありませんか　と訊《き》くと　でも　あれ図録から切り取ってあそこに掛けたの　褒めてもらったの初めて　とマダムは笑っていました

しかし全て本ものでなくてもいい　コピーでも充分という場所があっていいはずです　このインテリアに　熊谷翁も草葉の陰からマダムを褒めているかも知れません

熊谷守一といえば　紙でもカンバスでも何も描かない白のままが一番美しい　なのに人間は情けないもので　絵を描き　色をつけたがる　と著作に残しています　忘れられない言葉です　また観察についても徹底していたようで　アリは必ず左の二番目の足から動きだすと言い切っています　昆虫学者もそこまで調べがついているでしょうか　だからこそ　いうまでもありませんが　写実を経て　あえて単純化した形と色のなかに本質を射止めた作品が生まれるのでしょう　ここでまた　岸田劉生は写実に徹したことで自分を肥大化させなかった　という何かで読んだ一節を思い出しました

それにしても考えさせられます　白紙に色をつけるからには　それなりの覚悟がいるわけです　また　生半可な目では本質は見抜けません　まして　自分を見失っては堕落するだけです　いずれも絵に限ったことではないと思い知らされます

昨夜あのバーに寄らなければ　こんな返信にはならなかったかも知れません　どうも成り行きだけでやってきた気がします　さて昨年　貴兄は画面に光を捉えたいといっていましたが　今年もまた里山の四季を楽しみにしています　不尽

某年某月某日

三十二　類　酒

某年某月某日。

神戸のT氏に案内されたのは、六甲だったか、それとも摩耶山だったか、眼下に港町の夜景を一望におさめるフランス料理店だった。そして気がつくと、その店の名が『トゥール・ドール』だったのには恐れ入った。世界に知られたパリの三つ星レストラン『トゥール・ダルジャン』の向うを張ったわけでもあるまいが、トゥールはもちろん塔、そしてダルジャンが銀というのに、ドールとは金ではないか。

しかしそれがどうであれ、こうして畏友と食卓に向っていると、これ以上の愉快はないという気分になる。酒は何を飲むかではなく、飲んで何を語るかだなどと柄にもないことをいってきたが、古代ギリシャの賢人ならともかく、いったい何を語ろうというのか。とはいえ、心を開いて悦びを共にする酒は何にも代え難い。

それにしてもソクラテスやプラトンといった古代ギリシャの天才たちには呆れる。寝椅子に横たわって夜を徹して飲み、腹が張れば戻すためのバケツまで用意してまた飲み直しながら、ときには娼婦をはべらせ、議論は森羅万象におよんで、そこから現代文明の土台となる知の金字塔を打ち立てたのだから、人類史上の突然変異とでもいうほかはない。知力も体力も彼らは人間の域を越え、娼婦をはべらすところなど、どこか人間臭いギリシャ神話の神々に近かったのではないかとさえ思いたくなる。もっとも、当時のギリシャでは市民である妻女が外に出ることは希《まれ》で、非市民である娼婦が、男たちの知的な会話の相手もしたというから、いわゆる飾り窓の女とは少々違っていたようである。

トゥール・ドールから始まって、話の落着くところはなかったが、T氏がいった。

「何を喋ったって、所詮これまでに蓄えたもの以外は出てこないからね」

「ということは、今日が明日をつくる。分り切ったことだけど、うかうかできないね。その日々の蓄積が醸成、熟成されたエキスならいいけど、澱《おり》だったりしてはね」

「しかし熟成には多少の澱も必要かもしれないよ。ちょっと恰好よすぎるか。でも今夜の酒が明日のためになるか、無駄に澱をつくるか、酒を飲むのも楽じゃないね」

「何かにこじつけて飲んだって、安易な自己満足に終るし、だが今夜は愉快ですな」

それからT氏とは麓のホテルで別れたが、気がつくとマフラーがない。あの山の上のフランス料理店に忘れたらしい。やむなく、いましがた下ってきた道を逆に辿ったが、途中タクシーから独り外を眺めていると、異人館通りの角で一時停車した先に、ラテン風の看板が目に留まった。そして帰りに寄ってみようと決めた。たまたまマフラーが戻ったのを口実に、手近な酒場にしけ込んだわけではなかったのである。店内は意外に広く、しかし客の姿はどこにも見えなかったが、一瞬カウンターの奥に立つ口髭をたくわえたマスターと眼が合った。カウンターを挟んでマスターの向かいに腰を下ろすと、はじめての客をどう思ったか、ややあって、マティーニでも作りましょうか、と穏やかな口調だった。

マティーニをすすりながら訊《き》かれるままに、こうしてこの店に引き寄せられるまでの経緯をぽつぽつ話すうちに、マスターとは昭和一桁生れの同《おな》い年であることも分かった。

「そうですか、それで。しかし、そういうお友達がいらして、それが一番ですよ」

「ちょっと離れていますけどね。また彼が趣味で絵をやっていましてね、昼間はスケッチに付き合いましたが、街中ではよほど腹が据わってなくちゃだめですね。しかし描いてみますと、絵を観るのとはまた違った面白味がありますね。絵に限らず音楽でも野球でも何でも、聴くだけ見るだけより、やってみると素人は素人なりに楽しめますからね」

「そうですね、何ごとも素人でいるほうが無心に遊べるし、楽しいんでしょうね」

「たしかに作ってもらって飲むほうが遊べますね、でもカクテルも奥が深いんでしょう」

「しかしこの仕事も、多少の遊び心がなければ続かないかも知れませんね」

マスターは名前をOといった。その名刺からNBAすなわち日本バーテンダー協会の支部の役員、また全国の公認審査員などを託された古参であることも分かった。

「それでは、福岡のIさん、大分のSさんをご存じですか」

「はいはい、よく知っていますよ。技能競技大会などでよく会っていましたから」

O氏と同じような肩書をもつI氏やS氏との出会いが、いつどこでどのようなきっかけからだったか思い出せないが、その二人を知るO氏にまたここで会ったのだから世間は狭いというのだろうか。酒が人の輪を拡げるのだろうか。

後日この話をT氏にすると、実はT氏もO氏とは面識があって、O氏が定期的に催すフラメンコなども観たというのである。類は友を呼ぶのだろうか。しかしT氏はいった。

「世間は狭くはなくて広い。酒がではなくて、酒ですら人の輪を拡げるのでは…」

三十三　憂酒

昨日はエイプリール・フールだった。それとは何の関係もないが、昨夜の夜更かしがたたったのだろう、寝覚めの布団の温もりの中でしばらくもじもじしていたが、やおら手を延ばしてラジオのスイッチを入れた。

いつから聴くようになったのか、ＦＭの朝のクラシック番組をずっと聴いてきた。とくに理由はない。それが快かったからで、ただそれだけのことではあるが、このバロック音楽が十七世紀のイタリアに起こり、やがてヨーロッパじゅうの王候貴族から市井《しせい》の人々にまで広く親しまれ、いまなお三百年を隔てて響き続けているのだから、快いのも当然といえば当然である。それにしても、毎朝六時から始まるこの一時間番組は大いに結構ではないか。長く続くだけの良さがある。半ばうとうとしながらこうした愚にもつかない独り言が続いていたが、ニュースも終わったところで、一瞬、耳を疑った。

「時刻のほうは七時十五分になるところです」

とたんに脱兎の如く、といいたいところだが、実は亀が這い出すような格好でのろのろと起き上がった。起き上がりながら、時刻のほうはとは何だ、ほうはとは…、まして唯一受信料を取る局の出している電波ではないか、と独り言の矛先が変った。

おそらく新しくニュースを読むことになったアナウンサー君が、つい調子に乗って発したのだろう。ニュースの声は若々しく弾んでいてなかなかよかったのだが、若さゆえのフライングといったところだろうか。しかし全国放送である、何人がこれを聞いたか分からない。そこには同じ暇人でも、ものうさではなくて、ご親切でこまめな御仁が必ずいるはずで、すかさず放送局の電話のベルが鳴ったに違いない。しかしそれより前《さき》に、当のアナウンサー君への注意は局内ですでに終っていたことだろう。

何もアラ探しの趣味があるわけではない。むしろその逆で、爽やかなこと、清々しいことを探そうと努めてきたつもりであるが、実はこの「時刻のほうは…」にしても昨夜からの続きだったかも知れない。N氏と久しぶりの居酒屋で一息ついたところだった。

「お客さん、あとは、ご注文のほうはよろしかったでしょうか」

聞き覚えのある声は、この店でいつとはなしに顔見知りになったアルバイト嬢だった。

「そうね、いまのところまだいいよ。でも、どうして過去形で聞くの」

と聞き返すと、彼女は怪訝《けげん》なおももちで、ただ笑っただけだった。

N氏とはいつも自由に話をしてきたが、N氏も最近の世相や巷の言葉遣いなどが気になっていたのだろう。もっとも、それが当然といえば当然であるが…。

「たしかに日本語も怪しくなるね。一方ではテレビもおかしくなるばかりだしね」

「そうそう、よくあんな低俗なバカげた番組ばかり作るね、見るものは何にもないよ。視聴率が上がるのかどうか知らないが、テレビ局の見識やプライドはどこにあるのかね」

「結局は視聴者が問われているわけだし、国民のレベルの問題だけど、情けないね」

「NHKだってニュースの度に大リーグ情報などやってるけど、日本中が知らなきゃならないことなのかね。BSでも朝っぱらから中継までして、受信料が勿体ないよ」

しかしこれも日本に限らず、世界的な傾向なのかも知れない。最近スペインでは十五分以上続くCMを規制しようという動きがあるというから、テレビも見る側のものではなくなってきているのだろう。もともと読書と違ってテレビは選べるものではないのだが。

「ところでNさん、いま何といっても問題なのは、本離れかも知れないね」

「それ、ほんとうに深刻だね。しかし読めばいいってものでもないし、先日ある書店のベストセラーには呆れたね、いくら宗教の自由とはいっても、そんなものかね…」

そこに例のアルバイト嬢が顔を出した。そして話が思わぬ方向に向かった。

「さっき店長がね、介護保険が高いってぼやいてたけど、そんなに高いんですか」

「そうね、日本の医療制度にも問題があるね。外国と比べても分かるけど、日本は医者が儲かるようになってるんだよ。介護保険も安易に仕組まれたって感じだね」

「いま老人介護施設をどんどん作ってるけど、時流に乗って稼げるからなんだよ」

「日本の政治家や役人は楽だろうね。国民が文句をいわない、いう手立てもない、デモもしない。平和ボケというか、スポーツや芸能など遊びに皆うつつをぬかしてるからね」

「野球でもサッカーでも、いつも何万人って人が夢中になって応援してるよね、何だか天下泰平って光景だけど、ああいう人は政治や国際問題などにも関心があるのかね」

「そうね、どんどん投票率も下がる一方だし、それも天下泰平ってことか」

「Nさん、次は少し格調高い、とまではいかなくても、楽しい酒を飲みたいね」

「天下国家は若い人に任せて、年齢《とし》相応の夢のあるネタでも探してみますか」

話の落ちつくところのなかった昨夜の酒も、傍目《はため》には天下泰平に映ったかも知れない。

三十四　義酒

ビジネスの場や社交の場では、政治と宗教の話は禁物とされている。相手がどんな政党を支持しているのか、どんな宗教観をもっているのか分からないのだから、またそれぞれがそれぞれの価値観をもつに至った背景には、往々にして根の深いものがあるのだから、それは処世訓としても当を得たものであろう。

某年某月某日。Ｋ氏から暑中見舞いが届いた。そこには、昨今の政治に不満を並べているのでは…、と悪戯《いたずら》っぽい一言があった。Ｋ氏は地方都市で新鮮な魚介類が評判の、いままでいう居酒屋の主人であるが、こうした添え書きからも、互いに勝手なことを言い合ってきた間が偲ばれて愉快だった。それぞれの主義主張や宗教観を正面からぶっつけて議論したことはないが、Ｋ氏を正義漢と読んだ。それだけで十分である。正義漢たるには客観的な視点と言行一致が欠かせないのではなかろうか。

夏も終わろうとするころＫ氏の店を訪ねた。ここでの酔い心地は悪くない。

「おう、しばらくだったね。お盆には帰ってたの。でも今年は暑かったね」

「いやいや暑中見舞いをいただいて…、どうも。それにしても今年はいちだんと不快指数が高かったね。それがフィジカルだけじゃなくて、世のなかは騒々しくなるばかりでメンタルにも高くてね、まったくアホらしくなったね。民度は下がる一方だし」

「民度ね、ほんとだよね。どこかにぶっつけてみたいな、何か書いてみたら」

「でも愚痴や批判は書きたくないし、書いたって受け止めてくれるところもないしね」

しかし、こうしたことがあって、それなら若い人へと思って、ちょっと書いてみた。

——二〇〇四年のシーズンも終盤に入ってプロ野球再編問題が異常ともいえる高まりをみせた。経営側の事情による近鉄・オリックスの合併、一リーグ制移行への動きに端を発して、これに対する選手側の反発から、ついにプロ野球始まって以来というストにまで発展した。その間、経営側と選手会の間で何度か話し合いがもたれたが、折り合いがつかなかった。しかし一回目のストの後、二回目のストは回避された。この経過をみると、経営側が徐々に選手会の主張に耳を傾け始め、やむなく歩み寄るに至ったようである。

これはひとえに世論の力である。ファンも一般の市民も、殆どが選手会のストを支持した。この現象は、まともな現代感覚からすれば当然とも思えるが、経営者にとっては意外だったのではないか。新聞社やプロ野球組織などに寄せられた世間の声は他を圧して、イラク問題、北朝鮮問題、年金問題、政治不信に繋がる問題、そのほか内外の諸問題に対する反応とは桁違いだったという。これがプロ野球界に近代化を促すことになった。

さて、こうして日本の野球界には光が見えてきたとしても、もっと気になることがある。日本はこれからどうなるのか、どうしなければならないのか。例えば、イラクへの自衛隊派遣ひとつとってみても、国民はどう考えているのか。基地問題にしても、アメリカは沖縄を縮小しようとはせず、さらにワシントンの陸軍第一軍団指令部を日本に移し、陸海空軍と海兵隊の指令部を日本に集めようとしている。一方フィリピンや韓国ではアメリカ軍基地の縮小が進んでいる。こうしたなかで日本は経済大国を甘受して、海外支援に多額の税金を放出しながら、発言権は小国なみである。日本の外交はどうなっているのか。こういう問題に対して、野球ファンである前に日本国民である彼らの声が、また一般市民の声がどれだけ反映されているだろうか。反映されなくていいのだろうか。

球界再編に際しては、ファンはデモによってもアピールしたが、いま国内で時折デモが見られるのは諫早湾である。戦後、農地の造成を目的として、諫早湾干拓事業が計画されてからすでに半世紀が過ぎるというのに、いまだ完成をみるに至らず、そのあまりにも長い間にはあまりにも多くの問題が露わになった。この夏にも裁判所が工事差し止めの命令を下すなど、漁民と国との間でなお争いが続いている。こうした問題は全国にいくらでもあるが、そこにどれほどの世論の高まりがみられ、議論が尽くされ、民意が反映されているだろうか。諫早湾の場合も、世間の関心は野球ファンのデモにみられたほどに高まることはなく、漁民は孤軍奮闘の感を免れないだろう。

この国に難問山積である。もちろん問題のない国などない。しかし、己の応援するチームを失いたくない、ゲームを楽しみたいという思いからであったとしても、球界再編という現実に直面して、球界がどうあるべきかを考え、行動に移したように、己の国がどうあるべきか、どうすべきかを考え、行動し、国政に反映させるべく努めることは、いまを生きる者の責任ではあるまいか。野球やサッカーの応援と同じように、選挙には必ず投票に行くことから始めてもいいかも知れない——

書いたからにはと、早速配ってみた。しかし反応は無に等しかった。

三十五　暇酒

某年某月某日。日曜日。七日毎に日曜という日を作ったのが誰だか知らないが、これ以上の発想がほかにあるだろうか。昼と夜は作ろうとして作れるものではない。しかし日曜という日は人間の作ったものである。誰が作ったにしろ、それを考え出した人間の知恵は大したものではないか…。また朝から無駄な頭を使っていた。

日曜があるから、その日がほかの六日と違った日になるのだ。なるほど、違った部分が多いほど文化的といえるのではないか。いや、その逆かも知れない。いやいや、そのことについて考究すれば、それだけで一つの文明論ぐらい書けるかも知れない。しかし凡人の手に負えるものではない。日曜とはいえ、こうしたとりとめもないことに頭を使うのは無駄なことである。だが、はたしてこれが頭を使うという範疇に入るのだろうか。ただの暇潰しといったほうが当たっている。

しかし日曜という日は、たとえ家に引き籠もって一〇〇パーセント受身の姿勢でいたとしても、外乱がほかの日とは少し違うように思われる。外乱といっては語弊があるかも知れないが、いずれにしても、政界が、財界が、また外交が…、といった世の中のざわめきが影を潜め、代って遊びの部分が水面からちらほら顔を出すようである。

その日も朝からFMのスイッチを入れっ放しにしていたが、日曜に限らずクラシック番組の台頭は誠に結構である。しかし突如としてスイッチを切ることがある。

「これからは、私〇〇と、私××がお相手をさせていただきます」

タレントだか何だか知らないが、このての「お相手さん」たちに、曲の合間に軽口をたたかれては興醒めというほかはない。

思い出すのは、まだテレビも民放もなかった一九五〇年代、NHKのラジオ番組に登場した『音楽の泉』である。毎週日曜の朝だった。クラシックのレコード音楽鑑賞番組のはしりで、初代の解説者は堀内敬三だったが、啓蒙的で親しみも感じられた。この番組は半世紀を隔てたいまも同じようなスタイルで続いているが、NHKならずとも、メディアに求められる一つのお手本ではなかろうか。視聴率に迎合するようでは情けない。

斗酒なお辞せずというが、世の酒仙、酒豪たちはどのように酒と付き合ってきたのだろうか。大観や牧水が朝といわず昼といわず、こよなく酒を愛したことは広く知られているが、それでいて、どうしてあのような名作を数多く残したのだろうか。

昼間から自宅で酒を飲むことなど正月以外には先ずないが、今日は暇なせいか喉が渇くようで、ビールが欲しくなった。酒はどうも暇潰しのためにできたような気がする、という吉田健一ならではの説に、これほどの説得力があったとは…。

相棒は細君のほかにいなかったが、先ほどからの独り言を今度は口に出した。

「クラシックの解説は吉田秀和のようでなくてはね。あのぼそぼそした語り口から、何か先生の培ったものが伝わってきて…。内容に聞かせるものがあるからね」

「歳《とし》を取ると好き嫌いがだんだん酷くなるといいますよ」

「そうかな、善し悪しが自分なりに分かってくるんじゃないのかな」

「頑固になったのかも知れませんよ。清濁併せ呑むっていう柔軟さもなくなって」

「でも歳は元には戻せないんだよ、これからは清だけでいったっていいじゃないか」

「もうすでに濁は一杯というんですか。そういえば最近、睡眠時間もずいぶん長くなったようですね。若いころの分まで、いまになって寝てるのかしらね」

意地を張るつもりも、細君に逆らう気もなかったが、ビールが話を続けさせた。

「でもね、このあいだIさんに久しぶりに会ったら、モーツァルトに関心がないなんて人には、付き合ったってしようがない、付き合う気もしないっていっていってたよ」

「どちらかといえば、あなたもそちら寄りじゃないんですか」

「でもね、そのほうが謙虚かも知れないよ。謙虚だから、より高いもの美しいものを求めて勉強する。演歌やロックどまりでは、そのほうが傲慢じゃないのかな」

「でも、人それぞれですからね。そんなことといっちゃだめですよ」

「しかし勉強しないのは傲慢だよ。感心しないね。あまり口には出せないけどね」

だいぶ暇を潰したが、まだ暇もビールも残っていた。そして話も…。

三十六　棒酒

某年某月某日。その日は田舎の家に着くのが遅くなるので、途中で夕食を済ましてゆくことにした。そして車を寄せたのは、以前からいささか気になっていた、別府湾沿いに走る国道に面した一軒の店だった。

「予約はしてないんですが、いいですか…。二人ですが」

「うーん、ちょっと席がないな」

ぶっきら棒な返事はこの店の主人らしかった。なるほど満席である。板張りの大広間には三〜四十人の客が、グループ毎にそれぞれ座布団を並べてテーブルを囲んでいた。

「じゃ仕方ないね。でも、そのカウンターでもいいんだけど」

主人は一瞬、おかしな客だ、とでもいいたそうな顔をしたようであったが、店内を見渡してからこちらに向き直った。はじめての客をどう思ったのだろうか。

「何かできるものでよければ…、ちょっと待って、その先の席が空くから」

「それはありがたい。でも、ほんとうにカウンターでいいですよ」

「テーブルにすれば…、せっかく空くんだから」

しかし、そのせっかくを聞き流してカウンターの椅子に腰を下ろした。何もことさら逆らったわけではない。たかが二人が何かちょっと腹に入れるくらい、席がどうだっていいじゃないか、と軽く考えてのことだったが、いま思えば失礼なことをした。主人はあえて黙認したのだろうか。それからは互いに言葉を交わすこともなかった。

「ご馳走さま、美味しかった、またきます。そのときもこの席にしたいですね」

「あんたも変わってるな。そこは常連の連中がいつも使ってるんだがね」

変わってるのはお互いさま、といいたいところだったが、後味は悪くなかった。これがこの店の主人K氏との最初の出会いだった。

人生は出会いだなどといってきたが、人生は大袈裟としても、人との出会いはもとより仕事や遊び、学芸やスポーツ、また衣食住にしても、およそ人間の営みのあらゆる場面にさまざまな出会いがある。そして出会いは何かを触発する。新しい芽を育み、さらに大成させる

ことも希《まれ》ではないが、少なくとも日々の暮しに彩りを添えてくれる。生きているとはそうい
うことかも知れない。
「突棒」を辞書でひいてみた。ツキンボウと読む。ロープの付いた長い柄の銛《もり》のことである。
またそれを使って海面に浮游するマグロやカジキを捕る漁法のことでもある。こういう漁法
があるとは知らなかった。世のなか知らないことばかりであるが、K氏はこの漁をする突棒
船という五～六十トンの船に、十七～八年乗っていたというのである。

そのK氏は酒をやらない。野っ原にでもひっくりかえって、流れる雲を眺めながら本でも
読んでいたいという。休みの日には事実そうして過ごすこともあるらしいが、船から見上げ
た雲を思い出すこともあるのだろうか。どんな本を読むのだろうか。尋《き》いてみたい気もする
が尋いたことはない。ふと和辻哲郎の『古寺巡礼』などが浮かんだりした。

あるとき近くのお年寄から、あの店には飛行機の人たちがよくいくんだよ、と聞いたこと
があった。たしかにこの町の外れには、さほど遠くないところにJALやANAの着く空港
があって、搭乗員の泊まるホテルがK氏の店の近くにあったので、スチュワーデスやパイロ
ットをよく見かけた。もちろん私服ではあるが一見して分かる。彼らがホテルを抜け出して
くるのも、この店に媚びがないからかも知れない。

某年某月某日。その日もK氏の店にはスチュワーデスやパイロットの姿があった。

「スチュワーデスは途上国ほど容姿を優先するそうですね、日本はどうですか」

「容姿優先の飛行機が着けばいいっていうの、問題発言だね。ところで今日は何ごと…」

「お寺から法要の案内がきてね、料金も三段階あって、己を捨てて大きな心で浄財を喜捨すれば、現世安穏・子孫繁栄が得られるっていうんだけど、坊さんが保証するのかね。客観的に証明できないことをね…。喜んで捨てたら、喜んで拾うのは誰だろうね」

「金額まで決めてくるとはね…。そのジョウザイって何、胃薬の錠剤でも包んだら」

「それは面白いね。しかし証明できない問題は難しくてね、これを信じられるとかないませんよ。実はね、お宅の山の杉の木から落ちる露が、うちの墓にかかってご先祖さまが嫌がってる、それが私の腰痛となって現れたというご婦人がいましてね。墓は先ごろ杉の木を承知のうえで建てたというのにね…。仕方がないから明日切ろうと思ってるんです」

翌日K氏が手伝ってくれた。大きな杉だったので塩と酒を撒いて切った。撒いてどうなるのか、供養になるという証拠もないが、K氏は樹も生きているからという。たしかに樹にも命がある。その日が最後となった杉には、どこか敬慕してやまない気配があった。

三十七　想酒

最近ある女性に惚れ込んでしまった。某ＦＭ放送を聞いているうちに、ときおり流れてくる女性アナウンサーの語り口が、その声の美しさ、音調、話のスピードなど、どれをとっても申し分なくて、その魅力に惹かれたというわけである。テレビではないので姿は見えない。それなのに何とも好ましく思うのはどうしてだろうか。おそらくこの番組を聞く人の全てが、そういう気持になるとは限らないだろう。逆にあまり好ましくない、むしろ嫌だという人もいるかも知れない。こういうことがどうして起こるのだろうか。

前々からおぼろげではあるが、美しいとはどういうことなのか、例えば人間の顔にしても美しさには何か普遍的な要素があって、それがなにがしか満たされるなら、それから先はその人の好みによるのだろうかとも思ってきた。しかしその普遍的なものとは何か、具体的にどの部分の形がどうあって、色合いが、あるいはバランスが…、と一つ一つ吟味しようとしたところで到底できるものではない。また好みにしてもそれがどこからくるのかとなると、先のアナウンサーの場合と同じで、また分らなくなってしまう。

いつとはなしにE氏とこういう話になって、互いに暇人の戯言《たわごと》と自嘲しながらも、マティーニの合間にベジタブル・スティックなどを齧《かじ》っていたE氏が、持論を吐いた。

「アナウンサーの声に惹かれたのは、例えば演歌を聴くか、ロックか、ジャズか、クラシックか…、それと同じかも知れないね。何を好むか、何を美しいと思うか、何に興味をもつか、それはその人の遺伝子と、これまで生きてきた環境、体験によるだろうからね」

「遺伝子ね、多くの人が理由《わけ》もなくヘビを気味悪がったり、また人にはそれぞれ肉体的にも精神的にも、もって生まれたものがあるからね。なるほど、それと生い立ちね…」

「だから歳《とし》をとるとますます個人差も拡がって、十人十色というが、ひょっとすると六十億人六十億色かも知れないね。動物と人間の違いでしょうな」

「そうそう、一般にはたしかにヘビを嫌がるとしても、以前、葬儀屋さんから聞いた話だけどね、銀座のホステスにペットの火葬を頼まれて、行ってみると三メートルもあるニシキヘビの死体が横たわっていて、これには参ったってね。こうなると六十億人がそのまま六十億種類の人間では…、という気にもなるね」

E氏は日曜画家でもあった。それだけに絵画をはじめ芸術に対する造詣も深く、一緒によく美術館にも行ったが、音楽会にも、また神社仏閣を訪ねたりもした。こういう遊びも人間の特権とはいえ、いかに享受するか、これもまた六十億とおりかも知れない。

「いつだったか、ルオーはいいとEさんに聞いてから、意識して観だすとルオーもあのキリストの顔だけではなくて、風景にも大変な奥行があって、目を覚まされましたよ」

「でも小生がゴッホというと、大先生はゴーギャンといったこともあったね」

「とうとう大がつきましたか。でもゴッホが嫌いというんじゃないからね。マネかモネかといわれればマネだけど、それと同じかな。しかし二つを比べて自問自答するのも面白いね」

「もし貰うとすれば、あれとかこれとかね。意外にいい見方かも知れないよ」

「以前フランドルの絵をたくさん観たあとで、同行の一人にレンブラントとルーベンスとどちらが好きか尋《き》いてみると、レンブラントというから、因みにレオナルドとミケランジェロはと尋くと、これがまたレオナルドとたまたま好みが一致してね、どうでもいいことだけど、人間の心の働き、好みだとか、感覚って面白いね。どうなってるのかね」

「人間の感覚ね、個人差のかたまりかも知れないね。理屈じゃないからね。それが絵や音楽なら平和だけど、戦争は人間の心の中で生まれるっていうから、怖いよね」

「実はねEさん、先日、まさに羊の群れとでもいおうか、誰が誰だか見分けもつかない幼稚園児が百人ばかり、駅で電車を待っていましてね、何とも微笑ましい光景だったのでしばらく眺めていたんですが、そのうち、この子たちも五十年後にはこうはいくまい、それぞれどんな姿に変身してるだろうか、と、おかしなことが気になってきましたよ」

「なるほどね、ちょっとシニカルかも知れないけど、でもそうなんだよね」

今夜はどうしてこういう酒になったのだろうか。相棒がE氏だったとしても、一つにはこの店のせいだったかも知れない。この店のマダムが音楽学校の出身で、客のいないときなどには、リトグラフの掛った壁ぎわのピアノで指ならしをしたり、カウンターを挟んでクラシック談義に耽ったりもしたのだった。店を出ようとすると彼女がやってきた。

「今日はお話に入れてもらえなかったわね、相談したいこともあったのに…」

「ママは忙しいのが一番、こちらのほうはいつもの不毛の駄弁に過ぎないんだから」

彼女の相談というのは父親の残したLPレコードのことだった。クラシックばかりおよそ三千枚、どうすればいいのか…、人ごととは思えなかった。

三十八　枯酒

晴耕雨読といえば気楽なようだが、これを地で行くとなると楽ではない。晴れた日にも外の仕事を敬遠したり、雨に閉じ込められたとしても外が気になったり、凡人の凡人たる所以かも知れないが、歳甲斐《とし》もなく…、というほかはない。歳をとるということは人間がより人間に近づくことであろう。成熟すること、余計な執着から脱却して枯れることかも知れない。だとすれば、歳相応の姿というものが人にはあるはずである。

某年某月某日。庭木の剪定もひととおり終ったところに細君が顔を出した。

「カッコ悪くなったんじゃないの、歳をとると思い切りがよくなるというのか、残酷なくらいに切ったわね。お爺ちゃんと同じだわ、親子だからか歳のせいだか知らないけど」

「すっきりして実にいいと思うけど、このよさが分らないかな」

「感覚って歳をとると変わるのかしらね、どうみたって切りすぎだわ」

「でもね、複雑な風景を見ながらも、無用な細部を削ってしまって、しかも貧相にすることなく、これ以上表現できないくらい本質を捉えた絵はいくらでもあるんだから」

「大袈裟ね、いうに事欠いて、ピカソでも仙厓和尚でもあるまいし」

なるほど、細君の指摘も残酷かどうかはともかく、当たってなくもない。庭木の丈を低くつめたのも枝を刈り込んだのも、相手がこのまま伸びたのでは先々の手入れが面倒だという現実的な発想からで、枯淡を求めた結果でも何でもない。とはいえ、この一変した姿もまんざらでもないと素直に思えるのだから、やはり歳とともに感覚も変わるのだろう。かつて炎天下に青々と繁った樹々を仰いだことを思えば、サラリーマンの群れのなかに生きた日々とも重なってくる。そしていま、緑の葉を落として木枯しに耐える老木の姿に惹かれるのは、人の群れから徐々に遠ざかってゆく昨今に呼応してのことだろうか。


某年某月某日。某ワインバーでムッシュKに会った。そして遅くまで飲んだ。ムッシュKがかつてロックを歌っていたことは薄々知っていたが、およそ興味もなかったので、彼がどういうミュージシャンなのか気にしたこともなかった。しかし、何度か会う機会があって一緒にワインなどを飲んでみると、不思議に違和感がなかった。彼の人柄がそうさせたのかも知れない。その日も彼は一人だったが、彼は一人遊びが上手だという。

「一人で遊ぶのって結構楽しいよ。よく定年後に遊びを探すなんてことを聞くけど、急には無理だよね。若いころから見つけてやってなきゃね」

「ムッシュ、そのとおりですよ。仕事をしながら遊び、遊びながら仕事をする、それでこそ人生ですよ。それも少しでも良質の遊びをね。ちょっと気障《きざ》かな…」

互いに本音だったといまでも思っているが、こういう話は意外にする機会がない。壁に目を移すと以前に書いた「私はクラゲになりたい」という落書がまだ残っていた。

「ムッシュ、クラゲのように、どこまでが自分でどこからが水か分からない、それくらい仕事でも遊びでも、自然体でやっていけたらいいとは思いませんか」

「カッコいい自然体が最高だね。でも僕はクラゲより、絶対オオカミが好きだね」

どうしてオオカミなのか、オオカミが一匹遊びを好むとは思えないが、その理由を聞きそびれたことが悔やまれる。しかしムッシュKのスタイルに改めて共感を覚えた。

某年某月某日。某ビルの最上階、十六階の食堂で、かなり平均年齢は高いが、心身ともに極めて健康と密かに自負する紳士七、八人が、玄界灘に沈む夕陽に対峙して一斉にジョッキを上げた。すでに十年ほど続く月に一度の酒を酌み交わす会であるが、そこには六時から七時半までという不文律があって、それが守られなかった試しがないのだから、これほど健全な会はあるまい。またその面々たるや、一線を退いてなお乞われてビジネスに関わる先輩も多く、また個々の遊びにしても天文、登山、ゴルフ、園芸、盆栽、陶芸、読書、美術、クラシック…等々、さらに点字翻訳のボランティアなど多士済々である。

その日も一杯目のジョッキが空くと、あとは最後まで焼酎となったのだが、この会に焼酎博士の異名をとる研究熱心なN氏の存在は欠かせない。最近の焼酎ブームにあって情報を鵜呑みにすることもなく、N氏は自ら『魔王』を名水で割り、その酒精と水とを馴染ませるために一升瓶を半年振り続けたというのである。そしてその飲み口の検証にこの会もあずかったのだった。したがって銘柄の選定には毎回こだわってきたが、誰かがいった。

「焼酎のネーミングも面白いね、『晴耕雨読』『温故知新』『吾唯足知』『天孫降臨』など四文字熟語を借りてきたりして…、まさか『暴飲暴食』とはいくまいがね」

「その、吾ただ足りたるを知るなどは含みがありますね。しかし、いっそ、心の欲するところに従って矩《のり》を越えず『従心所欲、不踰矩』はどうでしょうね」

しかし、どんなネーミングにせよ、その意とするところは汲んでみたいものである。

三十九　悦　酒

某年某月某日。とはいえ、ベルリンの壁が崩壊した直後の新年のことだったから、それが一九九〇年一月であったことはたしかである。恒例の得意先との新年会が終わると、会社のトップである大先輩のS氏が、宿泊先のホテルで自ら先に立って地下のバーへ降りて行ったのは、同行の者を労《ねぎら》おうとしてのことだった。S氏は一杯のブランデーを楽しみながらも、飲み干すことはなかった。

ベルリンの壁の崩壊は前年の十一月だったが、そのまさに画期的な歓びをベートーヴェンの『歓喜の歌』に託して、クリスマスには東西ドイツをはじめヨーロッパ各国の混成メンバーによる『第九』の演奏会が、バーンスタインの指揮で行われた。その実況を期待をもって

BSで聴いたが、そこでは歌詞のなかのフロイデがフライハイツに代えられていて気になっていた。で、何がきっかけだったたか、その話をS氏にすると、

「フライハイツ、自由だね」

その一言でもやもやが晴れた。フロイデすなわち「歓び」をあえて「自由」に代えて歌ったのである。その夜は大先輩とのこうした会話だけで満足だったが、さらにベルリンの壁と『第九』に因んで、東ドイツの音楽家クルト・マズアにまで話が及んだのだから、これ以上のことはなかった。当時クルト・マズアは、ドイツでも最も古い伝統をもつライプチヒ・ゲバントハウス管弦楽団の常任指揮者として世界的に知られていたが、彼はたんに音楽家としてだけではなく、東ドイツの国民的賢人として民衆の信頼を集め、当時の緊迫した情勢下にあってオピニオン・リーダーとして国家を今日に導いたのだった。

音楽に国境はないというが、元来人間にも国境はない。だから音楽にも国境がないわけである。そこにベルリンの壁などというものは、人間を本来の人間から遠ざけるまったく余計な代物だったというほかはないが、かつてはイギリスのパブなどでも白人と黒人の席が公然と区別されていて、同じ人間が同じ酒を同じ場所で飲めなかったのだから、この往々にしてまともさを失うという能力を、人間はどこから手に入れたのだろうか。

某年某月某日。真夏の大和路の門前町に人影はなく、悪友三人、汗を拭いながら食事処を探すと、ビールで喉を潤し、山菜の天麩羅などに舌鼓を打てば口も滑らかになった。

「だってね、人間が完全にまともだったら、法律も警察も錠前も、また宗教も軍隊も要らないって科白《せりふ》を聞いたことがあるよ。しかし宗教が人生のためなのか、その宗教に芸術が不可欠なのかは知らないけど、諸々の芸術を生み出す原動力になった宗教はありがたいね」

「なるほど宗教がなければ、宗教音楽や宗教絵画など宗教芸術は生れなかったからね」

「功罪相半ばするところで、人間は人間をとり戻そうとしてるのかね」

午後の予定も、また夜もあるのでビールも程々にしていると、女将《おかみ》が話しかけてきた。

「私も分からないながら絵が好きなんですよ。お客さんたち、大学の先生ですか」

「いやいや、ただの風来坊ですよ。でも女将さん、それは人間だからですよ。解らなくたって感ずるものがある。この美味しい料理だって味わうことはできても我々に説明などできませんからね。優れたものは料理でも絵でも音楽でも同じかも知れませんね」

やがて店を出て古刹の石段を上りながら、まさか女将が聞き耳を立てていたとはね、それにしてもまた先生に間違えられたね、と三人顔を見合わせて笑った。

その日はまた宿についてからも、春先に聴いたバッハの『マタイ受難曲』などを思い出して、いっときの話題にもした。これまでもバッハは数々聴いてきたが、人類の到達した最高の芸術とまでいわれる『マタイ』を一度はナマで聴きたいと思っていた。そこに世界的に定評のあるミシェル・コルボが、手兵のローザンヌ声楽・器楽アンサンブルを率いて来日したのだから幸運だった。しかし、その三時間におよぶ『マタイ』を音楽としては十二分に味わい堪能したものの、もちろんそれだけで満足だったが、感ずるところはおのずからクリスチャンとは違ったはずである。こればかりはどうにもならない。

某年某月某日。図らずも久々に大先輩のS氏に会う機会が訪れた。S氏は相談役としてなお国内外に多忙な日々を送っていたが、食事に誘われたのである。手土産には思案をめぐらせた末、アイザック・スターンのCDからベートーヴェンのヴァイオリン・ソナタ全集を選んだ。それは十数年前、社長であったS氏が「スターンが公開レッスンで日本の若い音楽家たちに、心を込めて弾くことの大切さを説いていた。これは我々の仕事にも通ずる」という話をされたことがあって、それが忘れられなかったからである。

食事も終わって、当時を振り返りながらCDをお渡しすると、S氏は、それを話したことはよく覚えてるよ、しかし君がそれほど音楽が好きだったとはね、と懐かしさを隠さなかった。いうまでもなく、酒は飲む量でも酔うためのものでもなかったのである。

四十　喩酒

酒は何を飲むかではなくて、飲んで何を語るかだなどと、いささか気障《きざ》なこともいってきたが、そもそもどうして酒を飲むのか。最初の一杯のビールはたしかに旨い。食卓を囲んで飲むワインも旨い。もちろん焼酎でもウイスキーでも、どんな酒でも口に快いから飲むわけで、まずければおそらく飲まないだろう。しかし杯を重ねるうちにアルコールが舌も頭もあやしくして、だんだん味わうという領域から離れてゆくのだが、それでも飲むことを止めないのはなぜなのか。どうも一種の惰性ではないかと思うことがある。しかもそれが、往々にして二日酔を誘うことにもなるのだが、かつて勤めのあった四十数年間を振り返ってみても、そんなことで出勤を狂わせたという記憶がないのは、せめてもの慰めである。しかしいま時間の拘束から解放されてみると、翌朝、鉛の入った頭を枕に押しつけたまま、布団からなかなか離れようとしないことがあるのだから情けない。

やむなく、これも因果と横たわってじっとしていると、ふだんは気にもとめない胸の鼓動が頭のてっぺんまで伝わってきて、その脈打つ様が、インスタントラーメンの茹で上がる時間をピィ・ピィ・ピィと刻むキッチンタイマーの秒読みにも似て、最後のピーッが我が命の尽きる瞬間と重なってくるのである。あらゆる動物の心臓は二十億回打てば止まるといわれているが、これから先どれほど打つのだろうか、惰眠を貪っていていいのか、と心細くもなる。しかし、まさに喉元過ぎればで、日が経つにつれてまた美酒を求めてもやもやしてくるのだから、これもまた週単位、月単位の惰性かも知れない。

しかし今更コンニャク問答を続けたところで、所詮、飲む側にいてのことである。もしも、これまで飲まない側を歩いてきたとすればどうだったか、全く見当もつかないが、はたして飲まない人の日常はどうなのだろうか。これもまた想像できない。人はそれぞれの立場でそれぞれの世界を作っているのだろう。

それにしても人間がどうして飲める側と飲めない側にいるのだろうか。地上の力ではどうにもならない人間の運命は、全世界を支配する全能の神ゼウスの気まぐれによるともいわれて、ほかに説明のしようもないのだろうが、上戸《じょうご》下戸《げこ》もこうして分けられたと思えば諦めもつく。とはいえゼウスも人間を二分しておきながら、双方に迷う自由を残して放っておくのだからカミサマにして無責任にもほどがある。

しかしながら、迷いは飲む側にこそ募るようである。思い出されるのは、酒をこよなく愛した醗酵学・微生物学の世界的権威、坂口謹一郎の残した一節である。

「まことに人間にとって酒は不思議な『たべもの』である。迷えと知って神が与えたものであろうか。それとも、時には狂えとさえ命じるのであろうか。酔欲の、それは性欲や食欲と比べてこの世の人間の存在にとって、何の意味をもつのか、何の必要があって与えたものであろうか。思えば酒は奇妙なたべものである。それにつけても人生の目的とは何であろうか。また楽しみとは…」

その道の大家にして、いや大家なればこその心境がうかがえて味わい深い。

某年某月某日。某友人から、ヨーロッパで最も権威ある食品コンクール、モンド・セレクションで金賞に輝いたという日本酒が届いた。その酒造主によれば、酔うため売るための酒ではなく味わうための酒を求めて、この酒に辿り着いたというのである。やはり酒は味わいが命というのだろう。旨くなくてはならないのだ。

敬愛してやまない碩学、吉田健一によれば、ほんとうに旨い酒は「だらしないことを許さないから、崩れずに飲める。非常に立派な中年の女と付き合っていると、こういうことになるのではないかと、時々思うことがある」と何とも涼しげである。そしてまた、酔おうと思うと酒はそれに付け込んでくる、酒に体を預けて少しもかまわない、寄り掛かってはいけない、初めに酒に礼儀を尽くしておけば、後は酒の方で気をつけてくれる、と屈託がない。流石《さすが》である。然《しか》る後に「ハシゴ酒というのは、やたら新しい所ばかり探して歩くのが目的であってはならなくて、むしろ逆に、一定の行程を繰り返す所に丁度、春の次に夏が来て、その後で秋になるのに似た、天体の運行を感じさせて悠久なるものがある」と自然に同化したとでもいおうか、天衣無縫である。

更に吉田健一は「人間には成熟すること自体の他に目的がない。それは人間であるから人間になることであって、それが簡単でないから若いうちというのが長いあいだ続く」と言い切るのである。ここで再び坂口謹一郎の言葉「いやしくも良酒といわれるものの備えている美徳、それは香味の調和と円熟とに帰する。…この美徳は酒のエージングによってのみ到達できるのである」。このエージングという長い年月のもつ重み、そしてその意味するものとは…。こうしてみると、酒を隠喩としても人生が語れるかも知れない。

四十一　顧酒　――あとがき――

たまたま今年が、モーツァルトの生まれた一七五六年から数えて二百五十年目にあたることから、モーツァルト・イヤーなどといって世界各地で記念行事が催され、日本でも話題になっているが、モーツァルト・イヤーであろうとなかろうと、モーツァルトの音楽が人間の創りだした「美」の最高峰に数えられることには変わりなく、美しいものは時空を越えて美しく、この世は汲めども尽きない「美」の宝庫でもある。そしてそのなにがしかに魅せられては、その一端なりをひたすら享受するだけである。

しかし、美しいのは芸術だけではない。かねてから芸術の対極にあっては自然科学ほど美しいものは他にないと思ってきた。水素と酸素から酒ができないものかと、どんなに策を弄したところで水しかできない。純粋にして美しい。

そして馬齢を重ねて気がつけば、酒はあっても旨い酒という酒はない、しかし旨い酒は飲める、酒は何を飲むかではなくて飲んで何を語るかだ、また、心のかよう酒は何にも代えがたいなどと臆面もなくいってきたが、あるいは、この世は「美酒」の宝庫でもあったのでは…、しかしそこから、はたしてどれほどの「美酒」が汲めただろうか…、未練は捨てるために募るのかも知れない。

二〇〇六年三月　著者

著者
吉野公信（よしのきみのぶ）

1933年生れ。東芝総合研究所で原子力関係の技術開発、九州支社で電力関係の営業に携わる。
1990年、東芝システムテクノロジー（株）取締役。
1998年退社。
日本学術会議、電気学会元会員。
著書：『隔世の感』（梓書院・2001年）
　　　『余白のとき』（梓書院・2003年）
現住所：
〒811-0212
福岡市東区美和台2-17-12
電話　092-607-3123

酒のある風景

二〇〇六年五月二十五日初版第一刷発行

著　者　吉野公信
発行者　福元満治
発行所　石風社
福岡市中央区渡辺通二—三—二四
電話〇九二（七一四）四八三八
ファクス〇九二（七二五）三四四〇
印　刷　正光印刷株式会社
製　本　篠原製本株式会社